魅入られた美女

サラ・モーガン　作
みゆき寿々　訳

ハーレクイン・ロマンス

東京・ロンドン・トロント・パリ・ニューヨーク・アムステルダム
ハンブルク・ストックホルム・ミラノ・シドニー・マドリッド・ワルシャワ
ブダペスト・リオデジャネイロ・ルクセンブルク・フリブール・ムンバイ

THE BRAZILIAN BOSS'S INNOCENT MISTRESS

by Sarah Morgan

Published by Harlequin Japan, a Division of K.K. HarperCollins Japan, 2025

サラ・モーガン

イギリスのウィルトシャー生まれ。看護師としての訓練を受けたのち、医療関連のさまざまな仕事に携わり、その経験をもとにしてロマンス小説を書き始めた。すてきなビジネスマンと結婚して、２人の息子の母となった。アウトドアライフを愛し、とりわけスキーと散歩が大のお気に入りだという。

主要登場人物

グレース・サッカー……コーヒーチェーンの経営者。
パトリック・サッカー……グレースの父親。
ラファエル・コルデイロ……実業家。
マリア……家政婦。
カルロス……コーヒー農園の主。
フィロメナ……カルロスの妻。

1

こんなところで私はなにをしているの？

ヘリコプターが木々の上へと急降下すると、グレースの胃は宙返りした。

眼下には、青々と茂った熱帯雨林が見渡す限り広がっている。鬱蒼と茂る緑色の天蓋が、異国の神秘的な大地をおおい隠していた。ほかのときだったら、グレースも周囲の息をのむ美しさにうっとりとしていただろうが、今はこれからの話し合いのことで頭がいっぱいだった。それと相手の男性のことで。

肌がちくちくする暑苦しいスーツを着てブラジルの密林の上空を飛び、男性に哀れみを請おうなんて、私はどうしたというの？　相手は〝哀れみ〟の意味もわかっていそうにないのに。

ラファエル・コルデイロ。才気あふれる危険な男性に、グレースは損をさせてしまった。ラファエルについてはいろいろな表現が思い浮かぶが、穏やかなものは一つもなかった。桁違いの金持ちで、王や大統領以上の権力をふるい、噂では経済紙が〝歩くコンピューター〟と呼ぶほど、数字に強いらしい。幸先が悪いと、グレースは座席をつかんでうんざりした。私は数字アレルギーだ。

眼下の木々が少なくなった。満々と水をたたえた川が岩にぶつかりながら深い峡谷を蛇行している。

「彼は世界じゅうに土地を持っているのね」グレースはパイロットに向かって言いつつ、心の中で自問していた。〝じゃあ、なぜこんな奥地に住んでいるの？〟

パイロットは梢に目を凝らしている。「世間がほうっておかないからさ。隠れ家が欲しいんだろう」

ラファエルは噂どおりの男性らしい。冷酷、非情、実利主義。記者の取材を一度も受けたことがないのに、彼にまつわる情報は世間にあふれている。「彼って一人でいるのが好きなの?」

「俺はボスをやさしいとも抱きしめたいとも言わないが、女性は気にしないようだ。ボスの女性関係を知りたいんだろう? 危険で悪い男に女性は群がる。権力がある男にもだ。連中は百歩後ろからでも、権力のにおいをかぎつけるからね」パイロットは高度を調整すると、グレースをちらりと見た。「あんたは日ごろのボスの好みとは違うね」

日ごろのボスの好み? 私を億万長者のガールフレンドと間違うなんて。グレースはもう少しで笑いそうになった。「私はミスター・コルデイロと会う約束があるのよ。私の事業に彼の会社が投資をしてくれたの」その投資がグレースの人生を変えたのだ。「彼は起業家にとっての天使ってところね」

「天使?」パイロットが笑い転げたので、ヘリコプターは梢に衝突しそうになった。「ラファエル・コルデイロが……天使だって?」

「言葉のあやよ。つまり、彼は興味を持った小さな事業に投資しているってこと」そして、ラファエルはグレースの事業に興味を示した。最近まではだ。

そこでまた急に胃がむかむかし、グレースは書類鞄を膝の上に乗せると、消えそうな自信をつなぎとめるためにその表面を撫でた。

パイロットはまだ笑っている。「天使か。ボスがどうやって金を稼いでいるかは知らないが、一つ言えることがある」パイロットは地平線をじっと見つめ、ふたたび高度を調整した。「あの男は天使なんかじゃない」

それ以上恐ろしい話は聞きたくなかった。グレースは座席に座り直した。「新聞に載っていることを、なにもかもうのみにする気はないわ」

「たしかに」パイロットはいかつい顔に同情するような笑みを浮かべた。「でなければ、ここへは来ないよな。あんたは勇敢でしっかりした女性と見た」

「仕事で会いに行くのに勇気は関係ないでしょう」

「相手によるね」さまざまな高さの山と緑一色の谷間を、ヘリコプターは通り過ぎていく。「場所にもよる。狼の寝ぐらを訪れる勇気を持つ者は少ない」

グレースは口の中がからからになった。「ラファエルは狼だというの？」

「俺じゃない。ほかのみんながそう呼んでるんだ。俺はただ、ボスと呼ぶだけさ」パイロットが機器をいじると、ヘリコプターは高度を下げた。

グレースは気持ち悪くなって目を閉じ、吐き気をこらえた。ジェットコースターは昔から苦手だ。

「ミスター・コルデイロはものわかりのいい人に違いないわ」

「そう思うか？」パイロットははるか下の一点に視線を定めた。「じゃあ、あんたは一度もボスに会ってないってことだ。つかまってろよ。降下する」

「降下？」グレースはぎょっとした。一瞬、気持ち悪さもラファエルへの恐怖も忘れた。「着陸するってこと、それとも墜落するってこと？」

パイロットは答えず、機器を操作している。ヘリコプターは木々の中に突っこんでいるように見えたが、最後の瞬間に小さな離着陸場が現れた。

「墜落しなかったのね」グレースはつめていた息をいっきに吐き出した。「大惨事になるかと思ったわ」

「ボスに会うなら、そうなりかねないな」パイロットは自分の前にあるスイッチを入れた。「ボスと五分間一緒にいただけで、いい年した男たちが泣いてるのを見たことがあるよ。俺の忠告を聞いてがんばるんだね。ボスは弱虫が嫌いなんだ。ジャングルへようこそ、ミス・サッカー。現在、この地球上でもっとも絶滅の危機に瀕している生態系の一つへ」

「私を置いていくの？　ここに？」グレースが窓から外を見ると、ロッジが目に入った。ガラス製の丸屋根と風雨にさらされた木材だけでできている建物は、周囲の森にうまくとけこんでいる。「あら」グレースは地表高く吊られた通路を見た。「驚いたわ。すてきね」

「ボスが天使だなんて」パイロットはもう一度そう言って高笑いし、額の汗をぬぐった。「外へ出たら、プロペラにぶつからないようにして機体から離れてくれ。俺はリオに戻ってサンパウロへ飛ぶんでね」

グレースは座席に座ったままだった。文明との最後の絆を捨てがたかったのだ。「待っててくれないの？　十分くらいですむはずなんだけど……」

たった十分のために、こんな遠くまで来るのはひどくばかばかしかったが、ほかに手はなかった。なんとしてもあきらめるわけにはいかない。望みはただ一つ、ラファエルがもう少し時間をくれることだ。十分では、自分が落ちた穴からとうてい這い出せないから。

「ボスとの話がすんだあとであんたの残骸がいくらか残っていたら、拾いに戻ってきてやるよ。そこの通路を左に行くんだ。決して道をはずれるなよ。ここはジャングルで、テーマパークじゃないからな。野生生物には気をつけろ」

「野生生物ですって？」グレースは面会のことで頭がいっぱいで、そんなことまで頭がまわらなかった。周囲の密林を疑わしそうに眺める。完全に日陰になっているところもあるが、日光が厚い林冠を通してスポットライトのように地表を照らしているところもあった。目の錯覚だろうか、すべてが動いているように見える。「昆虫もいるの？」

パイロットはにやりとした。「ざっと見積もっても二千種はいるかな。知られている虫だけでもね」

二千種の虫がこちらへ向かってくる場面は想像しないようにして、グレースはスカートのしわを伸ばした。ズボンをはいてくればよかった。「蛇もいるの？」

「ああ、もちろんいる」彼はジャングルに不似合いなグレースのハイヒールを一瞥し、口を大きく開けて笑った。「それにおおありくいやジャガーや――」

「もういいわ」こわばった笑みを浮かべて、グレースは彼を制した。「そんなに危険なら、ミスター・コルデイロはここに住んだりしないでしょう」

パイロットはそり返って笑った。「あんたはまるでボスを知らないんだな、お嬢ちゃん。危険だからこそ、ここに住んでるのさ」

お嬢ちゃんですって？　そのぶしつけな言葉に、グレースは不安も忘れていらだった。私は今までずっと見くびられてきた。ずっとみんなに信用されず、避けられてきた。何度みんなの誤解を解いてきたか。

不平等と闘い、勝利してきたのだ。これまでは。

今、グレースは今まで培ってきたすべてを失いかけていた。だからこそ、指をくわえて見ているわけにはいかなかった。おそらくこれは人生でもっとも大事な闘いで、私は勝たなくてはならない。数字に弱いくせに、コンピューター並みの頭脳を持つブラジルの億万長者と数字に関する話をしなければならない、ということは忘れよう。闘いに敗れたらどうなるかということ以外、考えてはいけない。私を頼りにしている人たちのことを思い出すのよ。私が負ければ、彼らは職を失ってしまう。

ラファエルが出資金を回収するつもりなら、すべてが終わってしまうのだ。

高温多湿の空気が息苦しいほど分厚いコートのようにまつわりつく中、グレースは顔に張りついた髪を払って目を頭上に向けた。木々はまっすぐにどこまでも高く伸びている。人里離れた別世界の楽園のような場所を見ていると、ロンドンやリオ・デ・ジャネイロといった大都市が存在することさえ疑わしく思えた。「こんな場所に住んで、彼は怖くないのかしら？」

「ボスが？」パイロットはガムを噛(か)みながら、にやりとした。「ボスに怖いもんなんてないよ」

それ以上聞いたらラファエルと顔を突き合わせる気力をなくすと思い、グレースはおぼつかない足取りでヘリコプターから降りた。ジャングルとラファエルのどちらがより怖いか強引にきかれても、答えられる気がしなかった。

名声と評判がすべての世界にいるわりには、ラファエルはどちらにも軽蔑(けいべつ)に近いものを持ち、自身について語ることをいっさい拒否している。ほかの人間があれこれ並べたてるから、その必要もないのだ。新聞を読めば、大金をもらったおおぜいのグラマーな金髪女性があることないことを告白していた。だから世間の人々は、彼が金のためなら手段を選ばないことや、すばらしい恋人であることや、幸せな結婚など望んでいないことを知っていた。

ただ一度を除けば。一度だけ、ラファエルは結婚したことがあった。しかし三カ月もたたないうちに、魅力的な妻を追い出した。新聞紙面はこぞって離婚を書きたて、騒動は彼の結婚期間よりも長く続いた。

〝ラファエルはとても一緒には暮らせない男性〟

〝Eメールで妻との関係に終止符を打つ男性〟

〝彼は金を稼ぐことにしか興味がない〟

噂は数えきれないほどあった。もしそのうちのいくつかを信じるなら、ラファエルは機械のような人間ということになる。自分の会社を守るために闘う前から、グレースにはわかっていた。ラファエルに対して、私は自分の最悪の部分をさらけ出すことになるだろうと。

ラファエルを見るのはやめよう。目を合わさなければ、口ごもったりすることもないだろう。自宅の小さな居間で、鏡に向かって話しているつもりでいればいい。大事なプレゼンテーションの前にはいつもしているように。

胃がまた痛くなってきた。気分が悪いのはヘリコプターのせいではなく、ひとえに過去のせいだった。こういう大事なときになると、思い出がひとのみにしようと巨大な波のように背後から襲ってくる。

これは私にとって究極の試験で、落ちるわけにはいかない。あまりに多くのことがかかっているから。

ラファエルを怖がる理由なんてないわ。グレースはスーツのスカートのしわを伸ばすと、地表高く吊るされた通路へと足を踏み出した。

ラファエルの私生活がどんなに謎めいていても、私の知ったことではない。これは仕事上の話し合いだ。どんなに暗い影がつきまとっていても、相手の男性は私の会社にとっては父のような存在だ。事業を黒字にする計画を示せば興味を示し、投資を引きあげる気持ちも変えてくれるだろう。そうすれば私は会社のみんなの生活を守り、ジャガーやら蛇やらブラジルの億万長者やらをジャングルの隠れ家に残して帰路につくことができる。

高温多湿の空気のせいでスーツが肌にぴったりと張りつく。グレースは急に、自分がひどく不用意だったことに気づいた。服装からして間違っている。彼女は書類鞄をかかえながら、うっかり通路の板にはさまれた華奢なハイヒールの踵を抜こうとした。ヘリコプターの中で数字をもう一度復習しておけばよかった。いいえ、大丈夫、父に手伝ってもらって記憶したもの。鞄の中にある書類の数字はすべて頭に入っている。

通路の板の隙間からハイヒールを引き抜くと、グレースはバランスをとりつつ体を起こした。

そして、彼を見た。

目の前にすっくと立つ男性はジャングルからさまよい出た獣に見えたほど、不気味で危険そうだった。身動きもせずに目を光らせている。

男性はグレースを見つめていた。

ラファエル自身が姿を見せるとは思いもよらず、グレースは息をのんだ。ヘリコプターも熱帯雨林もすべての問題も意識から遠のき、相手の存在だけが大きくなる。実際のラファエルは不名誉な評判から想像していた人物像にまるであてはまらず、グレースは相手をじっと見つめることしかできなかった。おおぜいの女性が今まで見つめてきたように。凶器のようなラファエルの目にとらえられ、息をすることも考えることもできない。落ち着きを失い、自分が誰なのかも、ここでなにをしているのかも思い出せなくなる。体が妙にけだるくなり、蜂蜜(はちみつ)のように温かくねっとりとした感触が手足にゆっくりと広がっていく。

「ミス・サッカー？」低い声がして、相手の男らしさにぼうっとしていたグレースはたちまち我にかえった。びくっとしたのを気づかれていませんように。

ラファエルはあまりに格好よく、有能そうだ。彼と目を合わせないでいるなど無理だった。映画スターのような容姿にどうしても視線が吸い寄せられてしまう。彼が残酷で冷淡だということも忘れ、グレースは口をぽかんと開けてその場に突っ立っていた。

深くくぼんだラファエルの目は皮肉っぽく光っており、冷ややかな視線はジャングルじゅうの肉食動物を合わせたよりも恐ろしく迫力があった。パイロットの話のうち、少なくとも一つは本当だった。この男性は天使などではない。

グレースは片手に書類鞄を持ち、もう一方の手で手すり代わりのロープをたぐっておそるおそるラファエルに近づいた。億万長者でなくても、女性たちは彼をほうっておかなかっただろう。後ろに撫でつけられた髪はつややかな黒。端整な顔立ちに鋭いまなざし。ブラジル人らしく肌は褐色に日焼けしている。やわらかいカジュアルなシャツに包まれた肩は、広くたくましい。グレースは自分に対するラファエルの反応を見極めようとしたが、彼はなんの表情も浮かべていなかった。唇は真一文字に結ばれ、聡明そうな黒い瞳に歓迎する意図はまるでない。あまりによそよそしい態度に、グレースは通路を全力疾走してヘリコプターに飛び乗りたい気持ちになった。

なにも聞いていなければ、自分が相手を怒らせたと思ったことだろう。だが、そんな覚えはない。グレースは今までラファエルと会ったことがなかった。この冷たい態度は二人の関係のせいでなく、彼の性格の表れだろう。思いやり深い人間ではないというだけだ。

かまわないわ、とグレースは思った。別に彼に好かれなくてもいい。ただ、投資をやめないでもらいたいだけだ。そのことを念頭においてグレースはさらに数歩進み、ラファエルの前に立った。「お目にかかれて光栄です、ミスター・コルデイロ」

ラファエルはいらだたしげに目をきらりと光らせた。「社交的な訪問でも子供のパーティでもないんだ、ミス・サッカー。礼儀作法は結構。世間話やお世辞はいらない。天気や君の旅の感想にも興味はない。僕の仕事のやり方が気に入らないなら、すぐに帰ったほうがいいね」

とんでもない挨拶だわ。グレースは落胆を隠してそう思った。だがふいに、相手の提案どおりにしようと考えた。ラファエルの鋭い視線を浴びていると、この場を立ち去りたくてたまらなかった。けれどヘリコプターはすでに天高く舞いあがっているし、ここを訪れた理由はまだ書類鞄の中にしまいこんだままだ。立ち去るわけにはいかない。

みんなが私に期待しているのよ。

「事実と数字をご提示します」脚の震えに気づかれませんようにと祈りながら、グレースは早口に言った。「書類鞄にすべてそろっています。ごらんになっていただければ、ご決心に役立つと思います」

「決心ならすでにしている。答えはノーだ」ラファエルの薄い頬の筋肉がぴくりと動いた。

「でもそうご決心されたのは、お会いする前ですよね?」グレースはじっとり汗ばんだ手をスカートでふいた。「状況について説明をお聞きくだされば、考え直していただけると思います」

「なぜだ?」

不安な気持ちがつのる。「数字と私どもの計画をごらんになれば、投資をやめるというお気持ちも変わるのではないかと」グレースは相手の顔を期待をこめて見守った。話し合いに応じてくれる兆しでも見えないかしら? だがラファエルは返事もせず、ただ彼女を見つめている。そのとき背後の森から鋭い鳴き声がしたかと思うと、狂った笑い声のような音が続いた。

グレースは振り返って、鬱蒼とした熱帯雨林に目を凝らした。ヘリコプターが行ってから気づいたが、周囲は音にあふれていた。金切り声、呼び声、悲鳴、さえずり。森全体が生きているみたいだ。

「誰かが殺されているみたいな声ですね」グレースはにこやかにラファエルの方に向き直って同意を求めたが、たちまち後悔した。同意などとんでもない。ラファエルは笑みも浮かべていなかった。なんの表情もないので、なにを考えているのかわからない。

「ジャングルが怖いのかい、ミス・サッカー? それとも、ほかになにか心配事でもあるのかな?」

ほかになにかですって? 自分の人生がだいなしになろうとしているとか、明らかに全人類を嫌っている男性とジャングルに二人きりだとかってこと?

心配事ならどこかから数えていいのかわからないほ

どあったが、彼は助けてくれないだろう。グレースは頭に浮かんだジャガーや蛇や二千種もの昆虫のイメージを振り払った。「私は別に心配なんて……」

「そうかい？」ラファエルはグレースをしばらく見つめてから、目を細くした。「では、僕と取引するときのこつをいくつか教えよう。時間を無駄にしない。嘘をつかない。そしてなによりも、不正をしないことだ。この三つが守られないと、僕は決まっていらだつ。そういうとき、僕はなにかを承知したためしがない」

女性たちは彼のどこがいいのだろう？ラファエルは皮肉という分厚い衣を幾重にもまとっているかのようだ。気に入らないことがあると、いらだちを隠そうともしない。

「嘘は言いません。あなたにも、誰にも」

でもラファエルに対して、掛け値なしに正直だったとは言えないかもしれない。投資を受けたときにすべてをさらけ出したわけではなかったので、グレースはかすかな不快さと罪悪感を感じた。けれど私のこれまでの人生は、会社経営の手腕となんの関係もないはずよ。手腕には自信がある。それなのにグレースは頬が赤くなり、彼がにやりとした。

「君は女性だ、ミス・サッカー。だから、嘘をついたりだましたりすることはＤＮＡにすりこまれていて変えられない。僕とつき合うなら、数千年の進化にせいぜいあらがってみることだね」ラファエルはドアを開け、脇に寄ってグレースを通そうとした。

グレースはその場に立ちすくみ、彼を見つめた。「脅さないでください、ミスター・コルデイロ」声はかすれ、震えていた。「話し合わなくてはいけないのはわかっています。でも、脅さないで」

「僕が脅したというのかい？」

「もう少し友好的になっていただきたいんです」

「友好的？」いくぶんあざけるような口調だ。「僕に友好的になれと？」

　グレースは必死にラファエルの視線を受けとめた。

「仕事だからといって、そっけなく人間味のない対応をするのはどうかと思いますが」

　ラファエルが近づいていたので、グレースは本能的に一歩あとずさった。「僕と個人的につき合いたいとでもいうのかい、ミス・サッカー？」二人の視線がぶつかり、周囲の熱と湿気が息づまるほど増す。

「どんなふうに個人的に？」さらに近づかれ、グレースは胸が苦しくなった。

　指一本触れられているわけでもないのに、ラファエルの全身を意識する。まるで二十三年間眠っていた体が、ふいに目覚めたかのようだった。「仕事はつらいばかりではなく楽しいときもある、と言おうとしたんです」

「ふうん」ラファエルはグレースをじろじろと見た。

「ともかく、君の態度を見れば、君の会社が今おかれている経理状況がよくわかるよ」

　ラファエルは離れたが、グレースの鼓動が通常どおりに戻るまでにはしばらくかかった。自分の会社に対するとうていお世辞とは言えない批評に反論したかったが、その機会は与えられなかった。ラファエルが開けたドアの中へと入っていく。グレースもあとに続いた。

　奥さんが出ていったのも無理ないわ。ジャングルを背にドアを注意深く閉めながら、グレースはみじめな気持ちで思った。それとも奥さんに出ていかれたせいで、尊大な皮肉屋になったのかしら？

　答えを考えているうちに、グレースは周囲に気づいた。見まわすと、驚いたことに、彼女はまだ密林の中にいた。ロッジの一部がそうなっていたのだ。

　ラファエルのあとから巨大なガラス製の丸屋根の下を通っていくと、おびただしい数の見知らぬ巨大な植物が左右に植えられていた。壮観な眺めだ。ガラスの向こう側には熱帯雨林が迫っているので、ロッジの中にも外にもいるように感じられる。

ラファエルはグレースを大きな部屋に案内し、手で大きな円テーブルを示した。テーブルの上には、最新式のコンピューターと数台のディスプレイが置かれている。二台の電話が鳴っていたがどこか別の場所で取られたのか、両方ともふいに鳴りやんだ。

「座りたまえ」

密林でも電話が使えることに、グレースは感心した。見かけとは違って、ラファエルはロッジに一人で住んでいるわけではないらしい。

グレースは手近な椅子に腰を下ろし、おそるおそる周囲を見まわした。巨大な六角形のガラス窓から、鬱蒼としたジャングルが見える。「すばらしいですね」見慣れない景色に、彼女は圧倒されていた。

「ジャングルの真ん中で温室にいるみたいで」羊歯の葉が動いたのに気づく。「動物が近くまで来ることもあるんですか？」

「肉食動物は獲物の存在に敏感なんだよ、ミス・サッカー」ラファエルはわざとゆっくり言った。訛はほとんどわからない。彼は椅子に座ると、期待するように片方の眉を上げた。「十分間あげると約束したんだったね。さあ、始めてもらおうか」

あまりにそっけない言い方に、グレースはあっけにとられた。「本気ですか？　私が十分でいいと言ったのを、真に受けているんですか？」

「僕は忙しい。それに本気でないことは言わない」

相手が自分のひどい苦境に無関心だとわかって狼狽したものの、グレースは一呼吸おいて気を取り直した。「わかりました。なぜ私が来たかはおわかりですよね。五年前、あなたの会社は私が事業を興す際に投資してくださいました。今、あなたはそれを引きあげようとしていますね」

「反駁できない事実を並べたてて時間を無駄にしな

いでくれ」ラファエルは低い声で忠告した。時計をちらりと見て、あからさまに条件を思い出させる。

「あと九分だ」

グレースはパニックに陥りそうだった。この人はひどい石頭だ。「私は会社が大切です。すべてなんです」そう言ったとたん、感情に駆られて打ち明けたことを後悔した。事業に対する私の個人的な思いに、彼が関心など持つはずがない。

「僕が関心を持つのは事実と数字だけだ。あと八分だよ」

グレースは顔を紅潮させ、必死に続けた。「ご存じのように、あなたの投資を受けて私はコーヒー店のチェーンを始めました。でも、ただのコーヒー店ではありません」震えているのを見られないように、両手を膝に置く。「一杯のコーヒーを売るのではなく、ブラジルの雰囲気を売っているんです」

「〝ブラジルの雰囲気を売っている〟というと？」

ラファエルにもったいぶった調子できかれ、グレースは雰囲気にはのまれまいと唇を噛んだ。

会社は私の赤ちゃんよ。必要な答えは全部わかっている。「店に来るお客さまは、カフェインを口にするだけではありません。コーヒーを飲んだり昼食をとったりすることで、ブラジルにいる気分になるんです。あなたからの最初の投資で、私はロンドンのあちこちに二十のコーヒー店を開きました。もっと数を増やすつもりでしたが、あなたが投資をやめるとなると……」グレースは言葉を切り、立ちあがって部屋を行ったり来たりした。テーブルの向かい側から端整な顔に見つめられていては、座ってなどいられないし集中できない。「歩きまわってもよろしいですか？　じっとしていられない性分なので」

ラファエルの小ばかにしたような視線が、グレースの足元に落ちた。「率直に言って歩きまわるどころか、よく立っていられると感心していたんだ。ジヤングルにふさわしい靴を注意深く選んだんだな」

グレースはむきになって言い返した。「これは仕事なんですよ、ミスター・コルデイロ。話し合いに合わせて服を選んだんです。迷彩柄のズボンなんてはいたら、真剣になってもらえないと思って」今日のために靴もスーツも新調したと打ち明けるのは、プライドが許さなかった。きちんとした服装をすればラファエルにいい印象を与えられる、などと考えたのは愚かだった。お金を節約しておけばよかった。

ラファエルはじろじろとグレースを見た。「セクシーなハイヒールをはけば、僕が決心を変えるとでも思ったのかい？　君は僕の評判を誤解したようだね。僕は自分の女たちと過ごす時間と仕事の時間を分けているんだ」

グレースは彼の危険な視線にとらえられ、話すことも動くこともできなかった。体は液体になったようで、下腹部になじみのないぬくもりが広がる。

自分の女たち、ですって！

その光景が鮮やかに頭に浮かんだ。白い絹のシーツの上に、ラファエルの褐色の体が横たわっている。激しい行為のあとで汗ばんだ体には、ぐったりした興奮状態の女性が満ちたりた顔で寄り添っている。

「ミス・サッカー？」鋭い声がして、グレースははっとラファエルの方を向いた。あの長い褐色の指で撫でられたら、どんな感じがするかしら？　私ったら、いったいどうしたの？　会ったとたん、頭の中で相手の服を脱がしているなんて。ことにラファエルのような男性の。

彼は降参も妥協もしないし、やさしさも思いやりも人間性のかけらもない。自信が崩れる予感がして、グレースはぞっとした。おなじみのパニックの波にのまれそうになるのを感じる。てのひらに爪を強くくいこませると相手から目をそむけ、植物を見て落ち着こうとした。大丈夫よ、グレース。彼女は必死に言い聞かせた。ラファエルに助けてもらわなくても平気だ。これまでの人生は自分を試す闘いだった。今回の話し合いも同じだ。

グレースは貴重な三十秒を使って心を落ち着けた。「スーツに合うと思ったのでハイヒールをはいたんです」緊張と闘いながら穏やかに言う。「一分間、よぶんにつき合っていただけますよね?」

ラファエルは椅子の背にもたれたまま、目を細くした。「なぜだ?」

「あなたが女性の服装の話に費やした時間ですから」

時を刻む音が聞こえてきそうなほど長い沈黙が流れたあと、ラファエルは下を見た。「あと八分だ」

グレースはほっと息をついた。「よかったわ。どうかお願いします。私に事実を説明する機会をください。お気持ちを変えていただくために、私はここへ来たんですから」厳しい視線が注がれていては、集中するのはむずかしかった。

「気持ちを変えるつもりはないと言ったはずだ」

「あなたは事実を知りたいともおっしゃいましたが、私はまだ説明していません」グレースの心臓は激しく打っていた。その音はラファエルにも聞こえているに違いない。「お約束の十分間はまだ過ぎていません」でも、私はすべてをふいにしてしまうかもしれない。自信のあるふりをしても膝が、手が震え、まずいことばかり言うのだろう。あの黒い瞳に一瞥されると、言葉が続かなくなるのだから。

「落ち着かないのかい、ミス・サッカー?」

「もちろんです……」理解を求めて、グレースは両手を広げた。「こんな状況では当然でしょう?」

「そうだな」ラファエルの口調はきつかった。「僕が君の立場だったら震えあがっていただろう。助かるためにあらゆる手を使っただろうな。きれいに髪を整えてハイヒールをはき、無邪気な笑みを浮かべるとか。がんばりたまえ」

「なにをおっしゃっているのか、わかりません」ハイヒールのはき心地の悪さに気づかれた？　彼にいい印象を与えようとしたのがわかったの？

「君の事業は深刻な問題をかかえている。窮地を救えるのは僕だけだから、君があらゆる手段を用いて状況を変えようとするのを非難はしない。だが、そうしてもなにも変わらないとは警告しておく」

グレースはみぞおちを殴られた気がした。「なぜそんなに思いやりのないことをおっしゃるのかしら？　これは私だけの問題じゃないんです。会社がつぶれたら、多くの人が職を失うんですよ」

「では君は、他人の幸せを気にするんだね？」

その口調に、グレースはいっそう不安になった。

「ええ、そうです。経営者には大きな責任がありますす。人を雇っておいて、あっさりと解雇することはできません。ちゃんと給料が払える範囲で人を採用してきましたし」

ラファエルは片方の眉を上げた。「感心じゃないか。で、なにがまずかったんだ？　それほど細心の注意を払ってきたのに、なぜ利益を出せない？」

「予定より経費が高くついたんです」グレースは正直に答えたが、ラファエルの目の皮肉っぽい光を見てかすかに顔をしかめた。「それに加えて、十店舗を改装するのにお金がかかりました。ですが問題の解決には取り組んでいますし、将来に向けてたくさんのアイデアもあるんです」

ラファエルはちらりとグレースを見た。二人の間に火花が散る。「勇ましいことだ。いったいどのくらい必死なんだい？」

グレースは口の中がからからになった。どういう意味かしら？「とても、でしょうか。ご質問が程度についてなら」威圧されないように深呼吸して、弱々しくほほえみかける。「あと五分、説得する時間がありますね」椅子に座って書類鞄に手を伸ばし、注意深くしまった書類を取り出す。ラファエルは感情に左右されない人間だから、別の面に訴えるのよ。数字を愛する彼には、数字を示せばいい。「投資をやめるのは、これまで利益が出ていないせいですよね？　でも、カフェは順調です。蓄財のために投資する、とよく言いませんか？」

「そうかな？」

グレースは赤面し、ラファエルのつまらなそうな口調や危険な目の光にまどわされないように話しつづけた。「今も事業は発展していますから、じきに利益が上がるようになります」

「本当か？」

ラファエルに見つめられると、なぜか落ち着かなくなる。「いったん利益が上がれば、あなたにもわかります……」相手のいかめしい口元を見て、グレースの声は小さくなって消えた。「思ったより利益を上げるのに時間がかかり、現在の数字は思いどおりのものではありません。カフェはどこも盛況なので、なぜ利益が上がらないのかわからないんです」

「ほう？」

「運転資金がかかりすぎましたが、今後は費用についてうまく交渉することができるはずです。もう少し時間をください。後悔はさせませんから」

「後悔ならすでにしているよ。君の事業のやり方は気に入らないね、ミス・サッカー」

衝撃を受けて、グレースはラファエルを見つめた。「軌道にのるのが遅いからですか？　そのとおりですが、もう少し時間が欲しいんです。お話ししたいアイデアがたくさんあるんです。〈カフェ・ブラジル〉を利益をもたらす事業にしてみせます」

「だが、誰の金で？」穏やかな口調できかれて、グレースは顔をしかめた。

「あなたは私どもに巨額の投資をしてくださいまし

た。私たちは事業を発展させて、利益をお返しするつもりです。会社の展望をお聞きになれば、返済期限を延ばしていただけるでしょう」

「なぜそうなる？」

「あなたにとっても価値があることだからです」グレースは書類鞄をテーブルに置いた。「あなたが投資をやめれば、私の会社はつぶれます。そして、会社がつぶれれば――」

「君は、人もうらやむ暮らしを失う」

一日に十四時間働いてきたことを思って、グレースは顔をしかめた。「たしかに、私は好きな仕事ができて幸せです」ほほえんでみせたものの、相手の冷たい視線に凍りついた。

ラファエルは手を伸ばした。「帳簿を見せてくれ」

グレースの期待は高まった。まだ望みはある。返済期限を延長する考えがなければ、帳簿を見たがるはずがないもの。彼女は急いで書類鞄を開けたが、手が少し震えるのが気になった。私は窮地に立っている。相手の男性はこちらの嘘を見破ろうとしている。また学校の教室に戻ったみたいだ。みんなが私の失敗を待っている、あの恐ろしい拷問部屋に。

〝おまえは間抜けだ、グレース・サッカー〟〝鈍い女め〟〝集中しなさい、おばかさんね〟

深呼吸をして、ここは学校ではないと自分に言い聞かせる。あの恐ろしい日々ははるか昔のことだと。

グレースは鞄に手を伸ばすと父がきれいにそろえてくれた書類を出し、ラファエルに手渡した。

ラファエルは日焼けした指でページをくった。

「まだ時間はある。話を続けたまえ」

集中する時間なんて、彼には必要じゃないの？

ざっと数字に目を通していくラファエルをうらやましく思いながらも、グレースは顔をそむけて彼の存在を忘れようとした。将来の計画の概要を説明し、新たに見つけた用地や、それぞれのカフェを広げる予定について話す。自分の夢も打ち明けた。

だが、彼はなんの反応も見せない。ペンを取って二、三メモしてはさっとページをめくっていたが、とうとう顔を上げた。「すごいよ、ミス・サッカー」

がっかりしていたグレースは、胸の奥に希望の温かい光がともるのを感じた。「そう思われます？」

「ああ。僕は度胸のある人間が好きなんだ」ページをめくるラファエルの手に力がこもる。「こうした状況では、君は地球の反対側に身を隠していてもおかしくない」

グレースは震える膝を押さえつけた。「隠れる？」

「怒ると僕は意地悪になるのさ」

なにかへまをしたらしい。「では、怒らせないようにします」相手の冷ややかな視線にさらされ、親しげな笑みが消えていく。「帳簿をごらんになれば、会社に大きな可能性があることがわかっていただけると思ったんです」

「帳簿からすると、店は非常に忙しい」

「そのとおりです」

「だが、利益は上がっていない」

グレースは顔をしかめた。「はい、まだです」

「おかしいじゃないか。店ははやっているのに、利益が上がっていないのは」

「事業の種類によると思います。うまく回転するまで予定よりかかりましたから。数字を見ていただければ、まもなく利益が見こめるのがおわかりかと」

「数字についてはよくわかっている」彼は帳簿をテーブルにばさっと置いた。「二つ質問がある」

一つ？　グレースはほっとし、椅子の上で背筋を伸ばした。経理のどんな質問にも答えられるように準備はしてきた。「どうぞ」晴れやかな笑顔を向けると、ラファエルはじっと彼女を見つめた。

「教えてくれ、ミス・サッカー、夜はよく眠れるかい？」

2

窓から太陽の光が差しこむ中、ラファエル・コルデイロはグレースの顔が青くなるのを見守った。

君のゲームは終わったんだよ、美人さん、とラファエルは胸の内で思った。会社でなにが起きているか僕が知らずにいると思うとは、彼女はなんと世間知らずなのだろう。賢くないわけではなく、賢いのが悪いのだ。数字は合っている。大半の人間なら気づかなかっただろう。

僕ほど他人を信用しない人間は少ない。

帳簿をざっと見たときには、事業が軌道にのっていないだけだと思えた。僕ほど女性に対して皮肉屋でなく経験も浅い男相手だったら、仲よくおしゃべりしたいというグレースの願いはかなっていただろう。グレースのことを、熱心で愛嬌（あいきょう）のあるすがすがしいほど率直な人間と思って。

事業の不振に対する失望を彼女が率直に認めたことも、ほかの男なら感動しただろう。

そして、彼女に罪はないと信じたに違いない。

僕にとっては幸運だが、グレースにとっては不運なことに、僕は強欲で恥知らずな女性に詳しい。そうでなければ疑いなど持たなかったし、〈カフェ・ブラジル〉がグレースの言うような店ではなく、彼女が思いやりがある寛大な経営者とはほど遠いともわからなかっただろう。ジャングルまでやってきて、ずうずうしくも自分のいかさま事業に対する投資をやめないでくれと頼むことからして、強欲で良心がない証（あかし）だ。

普段なら問題を解決するために部下をやるところだが、今回ラファエルは自分で対処することにした。

グレースのマニキュアをきれいにぬった爪とつやつやした髪を見ていると、怒りがこみあげてきた。彼女は甘やかされているようすで、困窮という言葉の意味を知らないようだ。寒さと飢えがどんなものか、少しでも知っているだろうか？　屋根もない場所にそのきれいな頭を横たえて眠るのがどんなものか、わかっているのだろうか？

もちろん、そんなはずはない。彼女のこれまでの人生で最大の問題といえば、どの服にどの靴を合わせるかという程度だったに違いない。

グレースが会いたいと言ってきたとき、最初ラファエルは断った。なぜ彼女のことで時間を割かなくてはならないのか？　だが、次の瞬間考えを変えた。

彼女をこらしめてやれ。

グレース・サッカーは人々を振りまわしてきたうえに、さらに多くの人々を苦しめようとしている。自分の無節操な行動がどんな結果を招いたか、彼女は知って苦しむべきだ。どう苦しめるかはまだ決めていないが、ラファエルはそうするつもりでいた。

そして今、いまいましいほど高価なスーツに身を固め、女らしさを見せつけるような靴をはき、自分に投資額の返済を猶予するよう求めてきたグレースを見て、判断は正しかったと思った。

グレースのほっそりした足首とふくら脛（はぎ）のなだらかで美しい曲線を見ながら、ラファエルは首をかしげた。僕を説得するために、彼女はどこまでするつもりでいるのだろう？　気の毒だが、僕はベッドと仕事を混同したことは一度もない。とはいえ、ロッジに続く通路で彼女が靴の踵（かかと）をはさまれた瞬間から、二人の間には目に見えるほどの緊張が漂っていた。グレースが前かがみになって靴を引っぱった拍子に、魅力的な白いレースのブラジャーとなめらかな胸の谷間が見えた。転びそうになったときには絹のような金髪が顔にはらりとかかり、唇が開いてはっと息をのんだ。

その瞬間、胸の内にたぎっていた怒りは激しい欲望の波に押し流され、ラファエルは体に痛みを覚えた気がした。そしてグレースは彼に気づき、書類鞄を救命用の浮き輪みたいにかかえた。その仕草を見たとたん欲望は消え、彼はグレースがここに来た理由を思い出した。

金だ。

つややかな髪や魅力的な胸の谷間や長い脚はさておき、グレースも強欲な女に変わりない。

頭の奥から暗い記憶が渦を巻いて浮かびあがってきたが、ラファエルはそれらをきっぱりと押しやってグレースに怒りの矛先を向けた。父親が来なかったのももっともだ。父と娘は、白いブラウスと清潔な髪に象徴される清純なイメージを、最大限強調したかったのだろう。

グレースはその場に凍りつき、ラファエルの問いに困惑していた。「私がなぜ眠れないと思うんですか？」その表情は屈託がなかった。肌はクリームのように白く、まさにイギリス人そのものだ。

グレースは伝統的な英国流の躾を受けてきたのだろう。たぶんお堅い寄宿女学校にでも通い、そこで人生を乗り越える必須の法則を教わったに違いない——つまり、男に財布を手放させる方法を。基本的なテクニックは金持ちと結婚して離婚し、金を巻きあげることだ。

なぜグレースはそうしなかったのだろう？　手間がかかりすぎると思ったのかもしれない。

ラファエルは集めた情報をもとに対決して、できるだけ早くグレースとの話し合いを終える、という普段のやり方をやめた。普段のやり方のほうが、グレースにとって事はずっと簡単だっただろう。まずちょっと抗議をしてから大騒ぎし、すべてを否定したのちに僕がすべてを知っていることに気づき、訴えられないように涙かセックスでまるめこむ。どちらにしても金は借りられずに彼女はロンドンに戻り、一巻の終わりだ。

しかし、ラファエルはそうしたくなかった。

グレースを苦しませなくては。他人に味わわせた心配と不安を、彼女自身にも感じさせてやりたい。今グレースが心配しているのは、目を見ればわかる。

「なぜ私が夜眠れないだろう、と思うんですか?」グレースは青い瞳を大きく見開いている。「あなたに投資をやめられたら借金をどのように返したらいいか、不安になるあまりにですか?」

いや、そういうわけじゃない。だが、今は彼女に調子を合わせることにした。「不安になるかい?」

「もちろんです」グレースは恥ずかしそうな笑みを浮かべたが、ラファエルが厳しい視線を浴びせると真顔になった。「たくさんの人たちが私を頼りにしていますが、今は考えないようにしないと頭がおかしくなりそうですから」

ラファエルは椅子の背にもたれて、グレースの計画のミスやほころびを見つけようとした。人間味のかけらを、良心の呵責を感じている気配を。ところが、なにもなかった。ものわかりの悪い相手だと思っているような、つかの間の警戒心が見えただけだ。「では、他人のことは考えていないんだね?」

グレースはちょっと顔をしかめた。「賃金を支払わなければならないことを思うと、考えないわけにはいきません。ですがするべきことがある場合は、感情に左右されないようにするのが大事です。でなければ、みんなを苦しませますから」

つらい思い出がラファエルの脳裏によみがえった。今回は抑えきれず、ふいに八歳の自分に戻る。一人ぼっちで、おなかがすいて死にそうだった。暗闇で迷子になり、恐ろしかった。周囲から聞こえる耳慣れない音は、すべて危険な気がした。冷や汗が全身から吹き出し、ラファエルは立ちあがって窓辺に向かった。自分をとらえようとする暗い過去の触手から逃れるために。しばらくその場に立って呼吸を整えてから、振り向いてグレースを見た。顔に表情はない。「君は自分を冷酷だと思うかい?」

「正直に言って、ですか?」グレースのふっくらした唇の口角が上がる。「いいえ、事業に成功するのに、冷酷である必要はないと思います」

「ではずるさやごまかしは、会社の発展に必要かな?」

グレースはラファエルをじっと見つめた。「なんの話をなさっているのか、わかりません」

「わからない?」だがともかく、グレースはいぶかしんでいる。ラファエルはにわかに決心した。グレースに行動の結果を見せてやろう。個人的にだ。そして、苦しませる。彼はグレースのきちんとしたスーツと、華奢(きやしゃ)でセクシーなハイヒールに目をやった。そうとも、苦しむがいい。

普段なら、彼が女性の服に関心を持つのは脱がせるときだけだった。踵が十センチもあるハイヒールをジャングルにはいてくるとは、とんでもない考えだ。

「ほかに荷物はあるのかい、ミス・サッカー?」

「どうしてですか?」

「君には僕の客として二、三日いてもらいたいんだ」豪華な客用寝室に横たわる生まれたままの姿のグレースを頭から押しやり、彼女がハイヒールでジャングルのでこぼこ道を苦労して進む姿を想像する。「はるばるやってきたんだ。ここにいる間に、見せたいものがある」

蛇や蜘蛛(くも)、それに君が夢でも見たことがないようなジャングルを。

グレースの顔に浮かぶ警戒の色が濃くなった。

「先ほどまでは十分しかないということでしたのに、

なぜ急に招待してくださるんですか?」

なぜなら、君をこの世のものとは思えない緊張の極地に放つつもりだからさ。そのあとで後悔させてやる。「僕は強い心の持ち主が好きなんだ」ラファエルは皮肉を抑え、ゆっくりと言った。「君は自力で時間を稼いだんだよ」

グレースの目にさっと希望の光が宿った。「では、もっとお時間をいただけるんですか?」

「このジャングルの魔法を見ると言ってくれるならね」

ラファエルのものやわらかな口調に、グレースは心を許したようににっこりした。「ありがとうございます」胸の上で両手を組み合わせる。「がっかりはさせません。道々、おしゃべりもできますね」

おしゃべりだって? そんな言葉はラファエルの語彙にはなかった。すべてが終わるころには、彼女はおしゃべりするどころか悲鳴をあげているだろう。

「この土地のめずらしくて美しい景色を、ぜひ見てほしいと思ってね。おもしろい場所に連れていってあげるよ」

その一つは僕の寝室になるかもしれない。グレースの頬が赤くなるのを見て、ラファエルはぼんやりと思った。ベッドと仕事は分ける主義といっても、グレースとのことを仕事として数えることはできない。なぜなら、彼女の事業は僕が直接終わらせるつもりだからだ。つまり、自分の主義に反することなく快楽を求められるというわけだ。

「私、観光することになるとは思っていなくて」

「君のチェーン店に供給しているコーヒー農園を訪ねるつもりだ。君は売っている商品をもっと知るべきだよ」ラファエルはグレースを注意深く見た。笑った拍子にえくぼができた彼女は、いっそう若く見えた。

「もちろんですわ。訪ねてみたかったんです。最初の契約では父が行くと言ったもので。すてきだわ」

グレースのえくぼを見て下腹部に感じた熱は無視し、ラファエルはふいに笑いだしたくなった。

グレースの見えすいた態度を非難することはできない。僕がどの程度知っているかあやしんでもいいところなのに、彼女の目にちらりとでも罪の意識がよぎることはない。ジャングルの奥深く連れていくという、僕の申し出に対する不安の色も浮かんでいない。グレースはただアルマーニのスーツをすばらしく着こなして、踵が十センチもあるハイヒールをはき、よろめきもせずに立っている。まるでブラジルの雨林を歩きまわる準備は万端で、余暇にはしばしばそうしていると言わんばかりだ。

蒸し暑いジャングルを行くことがどんなものか、グレースはまったく知らないらしい。

五分だな、とラファエルは胸の内で満足げにつぶやいた。五分あれば、グレースは蛇だの虫だのに悲鳴をあげ、僕にすがりつくだろう。ハイヒールやスーツやリップグロスが役に立たなければ、彼女は途方にくれてもろくなるに違いない。そうなれば、こちらを頼るはずだ。その瞬間、僕は彼女を仕留める。

「では、明日行くとしよう」ラファエルは立ちあがった。「使用人に部屋まで案内させるから、もっと楽な服に着替えるといい」

「使用人？」

「そう、使用人だ」ラファエルはばかにしたように片方の眉を上げた。「僕が一人で事業をしているとでも思ったかい？　どの家にも何人か使用人を置いている。仕事の効率が上がるからね。君の鞄はもう運んである。夕食のときに会おう。マリアが地元の珍味を料理してくれる」

「うれしいわ。ありがとうございます。あなたは親切な方なんですね」

親切？　長年女性にはあれこれ言われてきたが、

そう言われたのは初めてだ。グレースの顔に皮肉はなく、ただ天真爛漫な笑みが浮かんでいる。

ラファエルはその笑みが癪に障った。不安に思っていても、彼女はそれを見せない。その落ち着きをなくさせてやろう。すべてが終わるころには、彼女もほほえんではいられないはずだ。全身は汗びっしょりに足はまめだらけになってあちこち虫に刺されれば、今後誰かから法外な利益を得ようとする前にはよくよく考えるようになるだろう。

だがグレースの態度によっては、肉体的ななぐさめを申し出てやらないでもない。

事態がうまく運んだことに満足して、ラファエルは自分を待つ電話に注意を戻した。

話し合いのあとでまだ少し震えていたけれど、グレースは家政婦のマリアのあとから木の螺旋階段をのぼり、寝室へと向かった。十分の制限時間が延びたことを喜ぶべきか、ラファエルと十分以上過ごすことになったのを心配するべきかわからなかった。

ラファエルがあれほど冷たく脅しをかけてくるとは思わなかった。でも、たぶん私のせいだわ。会社の帳簿はとうてい感銘を与えるものではなかったのだろう。彼は世間知らずや未熟さに容赦しない、何事にも手かげんをしない男性なのだ。

グレースは上を向いて、階段がどこまで続くのかを確かめた。右側は窓になっていて、熱帯雨林を異なった高さから眺められる。左側は彫刻を施した木製の手すり。彼女は天までのぼる気がしてきた。

ともかく時間があれば自分の状況を訴えることができ、事業計画を練ることができる。話を聞いてもらうために十分間しかないと思っていたが、はるかに多くの時間をもらえた。

幸せというべきね。神経質になってはだめ。

なぜラファエルが急に考えを変えたのか不思議に

思いながらのぼるうち、グレースはふいに階段のいちばん上にたどり着いた。目の前には大きな部屋があり、両側の窓から密林が見える。

木のてっぺんと同じ高さにいることに気づき、グレースは彫刻をあしらった木製のバルコニーに出た。うっとりとマリアを振り返る。「とてもきれいね。ツリーハウスにいるみたい」七つ星のツリーハウスに。

部屋は自然の中にとけこんでいて、熱帯雨林の神秘をのぞき見るのにふさわしかった。造りは贅沢ではないが、部屋にある大きなベッドには思わず見とれるほど繊細な木彫りの頭板がついている。クリーム色のシーツの上にはビロードの上掛けがかけられ、さまざまな緑色の枕がたくさん置かれている。周囲の色と同じ緑色だ。木の床いっぱいには大きなラグが敷かれ、部屋の四隅にかかった薄いカーテンをそよ風が揺らしていた。カーテンは実用品というより、装飾品に近かった。

マリアがポルトガル語らしい言葉でなにか言った。グレースは詫びるようにほほえんだ。「ポルトガル語はまるでわからないの」

「あなたの服はもう鞄から出してある、と言ったんです。ほかになにか必要なら、言ってください」マリアは強い訛のある英語で言った。

「ありがとう」グレースは自分の服を情けなさそうに見おろした。「着替えるわ」汗で服が体に張りつき、ともかく脱ぎたかった。着替えはたいして持ってきていない。彼女はリオ・デ・ジャネイロで二晩過ごす予定にしていた。密林へ飛んだあとは、ロンドン行きの飛行機に乗るだけだと思っていた。

まさか、客として招待されるなんて。

グレースはふいに気が楽になった。望みどおりじゃないの。返済期限を延ばしてくれるように説得する時間が増える。余裕ができたのよ。

「二時間後にテラスで夕食です。泳ぎたければ、プールがあります。右手の小道を五分ほど行ったところです。分かれ道に来たら、また右へ行ってください」マリアはぎごちない笑みを浮かべた。「ほかになにか必要なものがあったら、呼んでください」

必要なのはもう一度ラファエルと渡り合う勇気だわ。グレースはにっこりした。「大丈夫よ、ありがとう」

他人がいるかもしれないプールより部屋に一人でいたいと思い、グレースは泳ぐのは見合わせた。スーツを脱いでほっとし、シャワーを浴びて髪を洗う。夕食になにを着るかという問題は、すぐに解決した。ホテルのプールで泳ぐかもしれないと入れた赤い水着のほかには、三着しかないからだ。窮屈なスーツと、ロンドンからリオ・デ・ジャネイロまでの間ずっと機内ではいていた迷彩柄のズボンとシャツ、ホテルで着るつもりだったシンプルな麻のワンピースだけ。三着の衣装に靴が三足。ラファエルからベッドに誘っているみたいだとほのめかされたのを思い出して、グレースはハイヒールをはくのをやめた。機内ではいていた軽いハイキングブーツはそぐわないから、残るのはフラットシューズだけだ。

なにもブラジルの億万長者を引きつける気はない。グレースはフラットシューズをはいて、ワンピースに手を伸ばした。分厚いスーツのあとに着たワンピースの感触は最高だった。ガラス製の丸天井の下を通って木陰にあるテラスに出るころ、グレースは少し自信を取り戻していた。

すべてうまくいくわ。事業に対する私の熱意を、ラファエルに見せてあげればいい。

しかしその自信も、テーブルについたラファエルのもとへ行くまでだった。彼は黒っぽいシャツに薄手のズボンという格好だ。たそがれどきの中にいる姿は男らしくセクシーで、グレースはどきどきした。

「座るといい。飲み物は？　カクテルはどうだい？」

グレースは、ラファエルが飲んでいる見知らぬカクテルに目をやった。「やめておきます」そばに立つマリアにほほえみかける。「なにかアルコールの入っていないものをいただけないかしら？」

ラファエルはにやりとした。「理性をなくさないようにかい？」

「あなたは私にひどく怒っていらっしゃるのでしょう？」グレースは単刀直入に話すことにした。「失敗したことはわかっていますが、事業を始めたころは誰でも間違いを犯しますよね？」

「そうかな？」ラファエルは落ち着き払ったようすだ。端整な顔には感情のかけらも浮かんでいない。

そんな男性とどうつき合えばいいの？　事実と数字で人生を切り抜けてきたような男性と。彼には本当に感情がないのだろうか？　いきなり離婚した彼は、まだ傷ついているはずだ。傷に耐えることを覚えて、前に進んでいるのかしら？　奥さんが突然去ったことが、彼から感情を奪った？　それとも、結婚が終わるずっと前になにかあった？

「ミスター・コルデイロ、あなたは間違いを犯したことが一度もないんですか？」

ラファエルは口元を皮肉っぽくゆがめた。表情がにわかに厳しくなる。「あるよ」

彼の口が発したのはたった一言だったが、なぜか苦しみが隠されているようにグレースは感じた。この男性に弱さを連想させるものはなに一つないというのに、なぜそう思ったのだろう？

「あの、間違いを犯したのは認めます。私は――」

グレースはためらった。真実を告げるのはむずかしい。「私は愚かで、世間知らずで、未熟でした」

ラファエルは彼女を見つめた。「愚かとか世間知らずとか、自分のことを言っているつもりかい？」

「そうだとしたら、これ以上返済期限を延ばしてはいただけないのでしょうね」グレースはちゃかした。

「けれど、あなたが最初に投資してくださった五年前の私はまさにそんなふうでした」

「いくつだったんだ？」

「十八歳です。高校を出たばかりでした」みじめだった学生時代をかけらも悟られないように、グレースは快活な調子で言った。

「なぜ大学に行かなかったんだい？」

グレースは皿に目を落とし、初めて料理を見た。いつ運ばれてきたのかしら？　ラファエルのそばにいると、彼以外のことにまで気がまわらない。「大学には行きたくありませんでした。事業を始めたかったんです」存在する価値があると証明する必要があったから。

ラファエルはワイングラスの縁を指でなぞっている。「金を稼ぎたかったのかい？」

お金？　グレースは眉をひそめた。お金のためではない、と言いたかった。今でさえ自分の給料を削って、事業に再投資しているほどだ。けれど、儲けることを原動力としている男性に向かって、そう打ち明けても優位に立てるとは思えない。「なにか自分のものが欲しかったんです」

マリアが鉢に盛った料理をテーブルに置く間、ラファエルは待った。「だが、事業は君のお父さんのものだろう？」

グレースはかぶりを振った。「カフェは違います。父はコーヒーを輸入して売っていますが、カフェは私の企画です。高校を出てからしばらくカフェで働きました。おもしろい経験でしたけれど、私なら違うやり方をすると思ったことが数多くあったんです。そんなときロンドンの大学にいる友人が日中に使える適当な場所がないと言うので、作ってみようと思って。調査をしてつぶれかけたカフェを見つけ、銀行から借金をして買いました。私はその店で一日じゆう働きました。人を雇えなかったもので」

彼女は料理に手を伸ばした。

「壁にペンキをぬっても隠せない亀裂があったので、ジャングルの写真でおおったんです。すばらしい効果がありました。来た人みんなに〝どこなの？〟ときかれました」あのころはすべてがとても単純に思えた。目的はただ一つ、父を感心させることだった。

「ブラジルは美しい国だ」

「ええ、写真を見て、旅行に行った気分にさせてあげたいと考えたんです。客層はいろいろですが、大半のカフェはさっとカフェインを取りたくてやってくる子連れの若い母親や会社員を狙っています。私が作りたかったのは学生が集い、すてきな環境で会話やすばらしい音楽を楽しめる場所でした。若くて活気のある雰囲気の。サンバを流して、ブラジルのスナック菓子も売りました。インターネットもできるようにして、学生がコーヒーを飲みながら勉強できるようにもしたんです」

「成功したんだね？」

「ええ、店は繁盛して驚くほど利益が上がりました。わくわくしたわ」

「金儲けはいつだってわくわくするさ」

どこか刺々しいラファエルの口調に、グレースは我にかえって相手をちらりと見た。どういう意味だろう？「ええ、だから店を増やすことができると思ったんです。私は経験不足でしたから、銀行はそれ以上お金を貸してくれませんでした。十八歳の人間にはあまり出資したがらなかったんです。それで、あなたの会社に近づきました。ブラジルの企業を支援する新規構想に投資を申し出ていらっしゃったから、助けていただけるかと思ったんです」そして、ラファエルの投資はグレースの人生を変えた。

ラファエルはカクテルグラスを取った。「君の最初のカフェは黒字になったんだね？」

「はい」

「だが、現在の君は利益を上げていない」うちとけた口ぶりだ。「ひどくがっかりしただろうね？」

「改装にお金をかけすぎたんです」グレースの視線は無意識に、酒を飲むラファエルの喉元へと向けられた。「最初のカフェで私がしたことを建築業者に頼んだら、予算より高くついたんです。失敗でしたが、同じことは二度としません」

「そうだろうとも」ラファエルの視線はグレースの顔から離れなかった。「君はしないだろうな」

あまりの緊張に、グレースはフォークを置いた。

「断るおつもりなんですね。あなたの投資額を増やしていないから」しだいに感情的になる。「私は損はさせていません。あなたは億万長者で、今回の投資なんてどうということもないはずです。ですが、私と私の下で働く人たちにとってはすべてなんです」グレースは皿を押しやった。「ノーとおっしゃるつもりなら、なぜ私をロッジに泊まらせてコーヒー農園を訪ねようと誘ったんですか？」

ラファエルはほほえまなかった。「君にはまだ僕の気持ちを変える時間があるよ、ミス・サッカー。コーヒー農園を経営している一家が、君に会って意見を聞きたがっているんだ」

「なにについてですか？」グレースは理解できず、ラファエルを見つめた。

「君の事業についてだよ。彼らは君の店にコーヒーを供給している唯一の農家だから、君の事業は彼らの事業でもあるんだ。君たちの浮き沈みは密接につながっているのさ」

「そうですね」

目の前の男性は私の未来を握っている。目下のところ、その未来は不安定だ。知恵を絞ってラファエルを理解し、決心を変えさせる方法を見つけなくては。けれど、今の私はとても集中できない。ささいなことが気になるのだ。彼のシャツの襟元からのぞく黒い胸毛とか、自信に満ちた手の動きとかが。セクシーな唇も気になる。実に男らしくて厚みがあるから。彼に群がる女性はおおぜいいるというパイロットの言葉を、グレースはふいに思い出した。

あのときは富と権力を持つラファエルには当然の結果だと考えていたが、今気づいた。富と権力以外の彼の魅力に、女性は惹かれるのだ。

ラファエル・コルデイロは正真正銘のブラジル人男性だ。雄々しくたくましい彼はたとえ貧しかったとしても、女性たちに群がられただろう。こうして向かい合っていると、違いを感じずにはいられない。

自分が女性であることを。

ラファエルにうっとりしていたので、グレースはコーヒーが運ばれてくるまで自分の皿がいつの間にか下げられたことに気づかなかった。なんとか彼以外のものに集中しようと、カップを取って香りをかぎ、うれしそうなため息をつく。どんなストレスがあっても、コーヒーはいつもグレースをなぐさめてくれた。「世界一の香りね」

「そう聞いてうれしいよ。君の店に送られている地元の農園のものだ」

グレースは一口味わってみた。「おいしいわ。本当に一度、農園を尋ねてみたかったんです」

「それはよかった」

「あの……」グレースはテーブルにカップを置いた。「ずっと私の話ばかり聞いているのも退屈でしょう。あなたのほうはいかがですか？　ブラジルで生まれて育ったんですか？」

「君の事業の存続と僕の境遇に、なんの関係があるのかわからないな」

「ただ、あなたがどんな方かと思って」

「僕は自分について話さない。覚えておくといい」

ラファエルがさっと立ちあがり、グレースは自分の質問が相手を落ち着かなくさせたことに気づいた。

「私はジャーナリストでも噂好きでもありません。それに私がここを訪れているからといって、タブロイド紙が飛びつくとも思いませんけれど」

ラファエルのがっしりした体がこわばった。「明日は早く起きて支度しなさい。ジャングルでは濡れるから、乾きやすいものを着ることだ」

「じゃあ、ハイヒールはだめね」相手のきつくつぐんだ唇を見て、グレースはため息をついた。ラファエルは態度で伝えている。二人の仲は一度ともに食事をしたこと以外はなにも変わっていないと。

十分の持ち時間は延ばしてもらえたものの、とうてい説得できる相手には思えない。

でも返済期限を延長する気がないなら、なぜ私をわざわざコーヒー農園に連れていくの？

厳しい表情を浮かべた端整な顔を見て、グレースは落ちこんだ。ラファエルがなにを考えているのかはわからないが、いいことではなさそうだ。

その夜の会話が気になって、グレースは眠れなかった。周囲の熱帯雨林も原因の一つだった。森は生きている。さまざまな動物の鳴き声や叫び声、吠え声、虫の音にまじってときどきうなり声もした。うとうとしていると、暗い過去を持つ無慈悲で傲慢なブラジルの億万長者のことで頭がいっぱいになった。

グレースはついに眠るのをあきらめて、窓辺に近づいた。そこからはラファエルの執務室があるガラス製の丸屋根が見えた。彼はいた。夜中にもかかわらずコンピューターの前に座り、受話器を頬と肩の間にはさんでディスプレイを見ている。無精ひげを生やした彼は椅子に脚を広げて座り、しわくちゃになったシャツの袖を肘までまくりあげていた。

ジャングルの中でも、ラファエルは働きつづけるのね。順調な会社をさらにめまいがするような成功へ導こうと、舵をとっているのだろう。

ジャングルに身をひそめていても、文明としっかりつながっているんだわ。

なぜ眠らないの？　その目が険しいのはなぜ？

窓辺に立ったまま、グレースはいぶかしんだ。やがてラファエルの私生活をのぞき見している気がして、そこから離れる。彼がベッドで休もうとしなくても、私の知ったことじゃない。

グレースはベッドに戻り、豊かな黒髪をした横柄な男性の横顔を記憶から押しのけようとした。

浅い眠りから目を覚ますと、外は雨だった。豪雨が木々を濡らしていたが、まだ蒸し暑い。こんな蒸し暑さに人間は慣れるものだろうかと思いながら、グレースは迷彩柄のズボンと白いシャツを身につけ、ハイキングブーツをはいて髪を後ろで結わえた。

私がスーツとハイヒールよりズボンとブーツのほうがずっといいと思っていると知ったら、ラファエルはなんと言うかしら？

たぶん、彼は信じないだろう。あからさまに女性に偏見を持っているから。なぜかしら？　その偏見を、彼は私にも向けている？　前向きになるのよ。

グレースは鏡に映る自分に話しかけて元気づけた。

新しい一日が始まった。昨日は昨日のこと。今日一日で、ラファエルの気持ちを変えなくては。

私の事業に対する投資を維持するのがお互いにとっていいことだと、彼を説得するのよ。彼にとっては取るに足りない額なのに、なぜ断られるのだろう？　問題はお金だけかしら？　それとも彼の思慮深そうな黒い瞳には、別の意図がひそんでいるのだろうか？　誰にも言えないなにかが。

だから、真夜中になっても眠らずにいる？

マリアに案内されてグレースが執務室に入ったとき、ラファエルはまだ電話の相手と話していた。用件がすむまで、グレースは不安な気持ちで立っていた。ラファエルは短いぶっきらぼうな口調で指図するので、電話の相手が気の毒になる。

彼と喜んで仕事をする人がいるかしら？　部下はいつも不安と緊張にさらされているのでは？

グレースがスタッフと会議をするときは全員で靴を脱いで、紅茶のカップを手にソファに座ることにしていた。みんなが意見を言い合い、ときには口論になることもあった。

彼女は苦笑した。でも、私の事業はうまくいっているとは言えない。ひょっとしたら、もっと独裁的なやり方を学ぶべきかも。

ラファエルは電話を終え、グレースを見た。「ほう……スーツじゃないんだ。ハイヒールもはかないんだな」

「ジャングルに合う服装を、と言われましたから。ヘリコプターはいつ着くんですか？」

「ヘリコプターは使わないんだ、グレース」言葉によどみはなかった。「歩くのさ。そのブーツが見かけ倒しでないといいが。君は試されるんだよ」

私を脅しているの？　グレースは笑いそうになった。「いいでしょう、試してください。私が倒れるのを待っているのなら、かなりかかりますよ」

「よろしい。倒れた君を抱き起こしたり、とぐろを巻いたアナコンダから助けたりしたくないんでね」

「どうしたんですか？」グレースは心底当惑した。「私が失敗するのをお望みなのね？　なぜ？　私の会社がちゃんとお金を稼がなかったから？」

ラファエルはグレースを見つめると、床からリュックサックを二つ持ちあげた。「雨がひどくなければ、二時間歩けば着く」一つをグレースの手に押しつける。「行こう。途中で朝食にする」

ラファエルは私の問いに答えなかったけれど、すぐにその答えはわかるだろう。グレースは暗い気持ちで思った。

3

雨が降りしきる中、ラファエルはゆっくりと小道を進み、ときおり肩越しに振り返ってはグレースがついてくるのを確かめた。のろのろとついてくる彼女を見て、苦笑する。ずぶ濡れの髪は頭に張りついて、明るい小麦色からくすんだ金色に変わっている。同じくずぶ濡れの服は体にまつわりついて、ほっそりした体の線があらわになっていた。

ほっそりとはしているが、必要なところは豊かな曲線を描いている。

前を歩かせればよかったと、ラファエルはぼんやり思った。そうすれば、もっと鑑賞できたのに。

だが実際は、グレースのほうがラファエルを観察する位置にいた。ときどき、彼は自分のたくらみに気づかれたかどうかさぐるために、ちらりとグレースを盗み見た。しかし、どうやらそんなようすはない。彼女にまっすぐに見つめ返され、ラファエルはひどくいらだった。

同時にほかのものも感じていた。好奇心やいらだちよりも、千倍も強いものを。欲望だ。刺激的で激しい欲望は空気を張りつめさせ、ラファエルの体を危険なほど駆りたてていた。

だから、男の性欲から性格は判断できないのだ。そのことを、彼はずっと以前に学んだ。

頭を振って皮肉な笑みを浮かべると、ラファエルは歩きつづけた。体を酷使することで、痛いほどの高ぶりを弱めたいとばかりに。

感心なことに、グレースは愚痴を言わなかった。これまでのところまめができたの、爪が割れたの、髪が濡れたの、虫に噛まれたのとは一言も言っていない。不安になったりへたばったりはすると思っていたが、彼女は地面をしっかり踏みしめて歩きつづけた。ぬかるんだ道で何度かよろめいたときなどは、ラファエルをにらんだくらいだ。恩着せがましく手を差し伸べてみたら、とでもいうふうだった。

川を渡る段になり、苔の生えた岩で足をすべらせて首まで水につかっても、グレースはラファエルが差し出した手を無視した。そして岩の上に這いあがると、対岸に向かった。いらだたしげに首筋の虫を払いのけるグレースを見て、ラファエルはふいに気づいた。僕がスーツとハイヒールをからかったせいではなく、なにかずっと強く深い理由にグレースは駆りたてられている。心のずっと奥にあるなにかに。

グレースはなにを証明しようとしている？　誰に対しての証明なんだ？

ラファエルはグレースについて、知るべきことは全部知っていた。すべての数字が、グレースを嘘つきの詐欺師でくわせ者だと語っている。それなのに、なぜこんなに彼女を意識している？

グレースはびしょ濡れでひどく気持ち悪かったが、歩きつづけた。ときおり立ちどまっては、目を凝らして森林を見る。その目にあるのは恐怖ではなく、興味だった。「あれはなにかしら？」

ラファエルは足をとめて、グレースの視線の先を追った。兵士のようにすっくと立つ高い木々にからみついた蔦の間に目をやる。「どこだい？」

「あの上」グレースは目にかかる濡れた髪を払いのけて指さした。「あの赤い鳥、きれいですね」

それも演技なのかと思って、ラファエルはグレースの顔をじろじろと見たが、青い瞳は赤い鳥に釘づけになっている。彼を振り返ったその顔は、笑っていた。

「知らないんですね？」リュックサックの位置を直し、グレースはからかうように言った。「ここはあなたの裏庭みたいなものなのに」

「自然観察の旅をしているわけではない」ラファエルは荒々しく言った。頭上で雷が鳴り、雨が激しくなる。「ちょっと雨宿りしよう」

ラファエルはグレースの手を引いて、いちばん近い木の下に入った。グレースはまだ笑いながら、濡れた髪を顔から払いのけた。彼女は楽しんでいるのだ。

「雨宿りする意味があるかしら？」雨のしずくがグレースのまつげにたまって、涙のように頬を伝い落ちる。「一度川に落ちれば、それ以上濡れることはないわ。私はびしょびしょよ」証明するようにシャツを絞り、したたり落ちる水を見てくすくす笑う。

「ほらね」

二人は一時間以上歩いていた。グレースは疲れているはずだが、一言も文句を言わない。ラファエルはしぶしぶ感心した。彼女は強欲で嘘つきには違いないが、たくましくもある。ハイヒールよりブーツを好み、一言の文句も言わずに密林を歩く女性など、ほかに一人も思いつかない。

意地悪とも思える体の反応を断固として抑えつけながら、ラファエルは自分に言い聞かせた。彼女には文句を言う勇気がないだけだ。グレースはまだ僕を説得して、返済期限を延期させたいと思っている。

グレースは木に寄りかかっていた。目を閉じて、森のにおいをかいでいる。都会の女性から森の精へと変身した彼女は、衝撃的なほど官能的だった。雨粒が紅潮した頬を流れて口元にたまる。グレースはまるで周囲の自然にとけこんでいるみたいだった。森の一部になって、男性を誘惑するためにここにいるようだ。

たしかに彼女は誘惑していた。

熱い欲望の波に包みこまれ、ラファエルはグレースの口元から下へ目をそらした。雨のせいで白いシャツは透けており、盛りあがった胸がはっきりと見てとれた。体の熱が上がり、彼は視線をもっと下げてほっそりしたウエストや女らしいまるいヒップを眺めた。ズボンは泥だらけで一箇所破れているし、ブーツはくたびれている。だが、こんなに女性を欲しいと思ったのは初めてだった。

なにか危険なものが体の中でうごめく。ラファエルは立ちつくしたまま、とてつもなく強烈で本質的な欲望に支配されていた。まわりを森と雨に囲まれ、木の下には二人以外誰もいない。

視線を感じたのか、グレースがおもむろに目を開けてラファエルを見た。警戒心が好奇心へと変わり、さらにまったく違ったものに変わっていく――二人がともに分かち合っているものに。

長い間、どちらも口をきかなかった。熱く活気に満ちた空気の中、初めて会ったときと同じく高圧電線に触れたようにばちばちと火花が散る。

仕事の話が決着するまでは二人の関係を進展させないとラファエルは決意していたが、とっくに忘れていた。もっとも原始的な本能に従い、彼は一歩踏み出して唇をグレースの唇に重ねた。たちまち欲望が燃えあがり、彼女が衝撃を受けたようにはっと息をのむ。ラファエルがグレースの背を粗い樹皮に押しつけると、その拍子に彼女の唇が開いた。グレースが喉を鳴らし、彼の首に腕をまわす。

ラファエルは両手をグレースの腰にやり、ズボンとシャツの間のわずかにあらわになった素肌に触れた。服は濡れていたが、くびれたウエストから胸へと撫(な)であげていくにつれて相手の体の燃えるような熱を感じる。濡れた布越しでも、ラファエルのさぐる指に反応して彼女の胸の先が硬くなるのがわかった。彼の激しさに応(こた)えて、グレースの体も震えていた。もっと近づきたくてラファエルは薄い布の中へ指をすべりこませ、温かくなめらかな肌に触れた。

今にも燃えあがりそうなほど熱くて、グレースは声をあげた。口が一瞬離れたものの、体はさらに密着する。グレースはふたたびラファエルと唇を重ね、両手で彼のシャツのボタンをさぐった。ぐっしょりと濡れたシャツをかき分けて、初めてラファエルの素肌に到達する。

まわりでは雨の音とジャングルの生物の声がしていたが、ラファエルにはグレースの小さなあえぎ声と自分の荒い息づかいしか聞こえなかった。魔法でもかけられたように、二人は別世界にいた。

ラファエルは舌でグレースの口の中をさぐり、彼女のズボンのファスナーに手をかけて脱がせようとした。欲望は全身にたぎっていた。しかし原始的な衝動の激しさに耐えきれないと思った瞬間、グレースの手が彼を制した。「だめよ」その声はかすかにしか聞き取れなかった。グレースはそっとキスをやめ、一呼吸おいて口を開いた。「やめて」

欲望に我を忘れ、すぐに満足したくてたまらなかったラファエルは、しばらく意味がわからなかった。自分の反応の激しさに少し動揺しつつ、やめてという相手の望みに驚いて体を引く。なぜ彼女はやめたいのだろう？

全身がうずくのを感じながら、ラファエルは豪雨の中の小道を肩越しに振り返った。「大丈夫、誰も通らないよ。そのことを気にしているのなら」

「ほかの人のことじゃないわ。私たちのことを気にしているの」

「私たち？」その言葉はラファエルをいつものように骨の髄までぞっとさせ、どんな暴風雨よりも打ちのめした。「〝私たち〟なんて言うんじゃない」

グレースは震える手で目にかかった髪を払いのけた。「たった今、あなたは私にキスしてあちこち触っていたでしょう」

「だから？」ラファエルはぽかんとした。

「あの……誰かにキスをしたら、普通は二人の間になにかあるってことになるでしょう?」

先ほど生まれた熱のせいで、二人の間の空気は脈打っているようだった。ラファエルはもう一度グレースに触れたりしないように、自分の髪を手ですいた。「欲望だ。二人の間にあるのはそれさ」

「じゃあ、あなたはどうして私にキスしたの?」

なぜって、キスしたかったからだ。グレースを見るたびに、体が高ぶりうずくからだ。なぜグレースは純粋な欲望をつまらない話題に変えるのだろうか?

ラファエルは怒りがこみあげてきた。いまだ襲いくる荒々しい欲望の波を押し戻すように、両手を広げる。「はっきりしているだろう? 君がセクシーだからだよ」

グレースは顔を上げてラファエルと視線を合わせた。「でも、私を好きではないのね?」

ラファエルは歯を食いしばった。たとえ百万年生きようとも、疑問の余地もないことをききたがる女性の気持ちなどわからない。「そのことがなんの関係があるんだ?」

「そんなことをきくなんて」グレースは顔を伝う雨粒をぬぐった。「キスしたくせに」

「そして、君はキスを返した」

「ええ」グレースはひるまずに相手を見つめた。「でも私、とめたでしょう? 私を好きでもない人と関係は持てないわ。そんなこと、よくないもの」

ラファエルは〝正しいことさ〟と言おうとしたが、考え直した。「関係を持とうと申し出ているわけじゃない」

「でも、私と愛を交わそうとしたでしょう?」

ラファエルは笑ったが、少しもおかしそうではなかった。愛だって? その言葉が醜い頭をもたげると僕の欲望は消え去り、冷静な思考力が戻ってくる。

「シャツを脱がせたのは、愛のせいだったのか？」

グレースの頬が赤くなった。「たしかに……その、こんなふうに感じたのは初めてだったわ。だけど、してはいけない理由がたくさんあるの。その一つは、あなたが私の会社に対する投資の決定権を持っていることよ。いいこととは言えないわ」

「ベッドをともにする前に投資することを保証しろ、というのかい？」

「もちろん違うわ。たしかに返済期限は延ばしてもらいたいけれど、ふ……二人の間に起きていることに頼る気はないわ。でもあなただって、いつかはなぜ私が自分と関係を持ったかきくでしょう？」

いや、きかない。ラファエルはグレースと寝たら、忘れるつもりでいた。そうやって生きてきたから。

「僕と寝ても、あれこれ分析はしないと保証する」目に手をやって、雨のしずくを払う。「率直に言うなら、まったく話さなくてもかまわないくらいだ」

「あら、ロマンチックだこと」

ラファエルは片手を木にまわし、ふたたびグレースに近づいた。「ロマンチックというのは、ベッドに入りやすくするためにつく嘘さ。僕はそんなことはしない。君は嘘をつくつもりかい、グレース？女性がよくつく嘘を？そのつもりなら、今こそ僕を愛していると言えばいい。君が僕を愛してなどいないことは、お互い知っている。愛など関係ない。関係あるのは肉体的な相性さ」

グレースの青い瞳になにかがよぎった。「あなたってとてもややこしい人なのね」

「いいや」グレースの皮肉に、ラファエルはにやりとした。「率直なのさ。ゲームをするのは、僕のまわりの人間だよ、ミス・サッカー」

グレースはつんと顎を上げた。「私はゲームなんてしていないわ。でも、知らない男性とは関係を持たないの。ことに感情をおろそかにする人とは」

「おろそかになんかしていないよ」とても大切にしているくらいだ。自分の定めたいくつかのルールにのっとって遊んでいる。「欲望は欲望だ。複雑にする必要はない」

グレースはラファエルを見つめた。「今日は森林で愛を交わすけど、明日は投資を断るってわけ？」

「愛？」その言葉を口にするだけで、ラファエルは舌に苦い味が広がった。「愛についてなど、なにも言っていない」

グレースの目にまたなにかがよぎった。「じゃあ、感情のないセックスと言い換えるわ」

「セックスとは……」ラファエルはグレースに歩み寄り、二人の間の空気がふたたび生き物のように活気づくのを感じた。「飢えや渇きのように貪欲(どんよく)なものだ。満たされたいという衝動なんだよ」

「本気で言っているわけじゃないでしょう？」グレースはため息をつくと、濡れた腕をこすりながら小道に戻った。「今まであなたをいいほうに解釈していたわ。みんなが言うような冷たい人じゃないはずと、自分に言い聞かせてきたのよ。つらい人生を送ってきたせいで、気むずかしくなったんだと」

ラファエルはいらだたしげに歯を食いしばった。どうして女はいつもこうなんだ？

なぜいつも状況を分析しようとする？

「嘘つきよりも素人の心理学者のほうが、僕の欲望を萎(な)えさせるな」ラファエルはリュックサックを背中にかつぎあげると、大股に小道へ向かってグレースを追い越した。「欲望は欲望さ。その事実を認める勇気がある女性はめったにいないが。たいていははっきりしない感情でセックスを飾りたて、約束で男を縛り、欲望が満たされると哀れっぽく泣き、すべてをだいなしにする。離婚率が下がらないのはそのせいだ」避けてきた話題に引きずりこまれたことにいらだち、口をぎゅっと結んで道を進んだ。

「それがあなたに起きたことだったの？」グレースの声が背後から聞こえ、ラファエルは振り返りざまに喉の奥からいらだちに満ちたうなり声をあげた。

「なんだって？」

グレースは雨でぬかるんだ道に立ち、青い目でじっとラファエルを見つめている。その視線は思っていた以上に耐えがたかった。

なぜかわからないまま、ラファエルはグレースのそばに戻った。怒りがこみあげてきたが、自分に対するものか相手に対するものかはわからない。

わかっているのは、もう話はうんざりだということだ。グレース・サッカーにもへきえきだ。今後は彼女の体の線も、えくぼも、絹のような金髪も、頭から閉め出すんだ。世の中には手のかかりすぎる女がいるものだが、彼女もその一人に違いない。

グレースは今、ラファエルが心を開いて秘密をもらさないかと見つめている。タブロイド紙に売れば、法外な額の金をもらえるからだ。彼は笑いそうになった。僕に関する真実を売ればちょっとした財産になると知ったら、彼女はなんと言うだろう？

「それがあなたに起きたことかどうか、きいたの」グレースはゆっくりと尋ねた。「あなたの性格や行動から想像すると、なにか理由があるはずよ」

ラファエルは苦笑するのをやめた。たしかにそうだ。だがグレースのような女が、理由なんか知ってどうする？ いかさまに満ちたちっぽけな事業を存続させるために使うに決まっている。

ふいにラファエルは子供時代を思い出して森林を見まわしたが、もはや恐怖は覚えなかった。暗い記憶は消えた。実際彼にとって、森はやすらぎの場所だった。自分でそう変えたのだ。

「なぜ僕がこんな行動をとるかって？ 僕が男だからさ。男はそう考えるんだよ」ラファエルはいらだちを隠そうともしなかった。

グレースははっと息をのんだ。「みんなが言うように、あなたが冷たくて無神経な人だとはとても思えないの」

「いや、そのとおりだ」どす黒い怒りがわきあがり、ラファエルの口調は攻撃的になった。「個人的な質問をする前に、僕に答えるつもりはないことを覚えていてくれ」グレースを連れてジャングルを歩くなどというばかな考えをなぜ思いついたのか？　ラファエルは歯を食いしばって顔をそむけたが、その直前、グレースの目に疑問が浮かぶのを見た。

女ってやつは。ラファエルは古くからある道を、くたくたになるほどの速度で歩いた。さっさとコーヒー農園に着けば彼女が仕掛けているゲームの正体を暴き、茶番劇を終わらせることができる。

そのあとはこの女性を帰せばいい。

グレースは黙々と歩き、すべりやすいでこぼこ道で転ばないように気をつけた。だが頭の中に、密林を歩いて体を酷使しているという思いはなかった。彼女はキスのことを考えていた。驚くほどすばらしいキスだった。私の体は完全に目覚め、圧倒的な興奮にのまれた。けれど鬱蒼と茂るジャングルで熱くエロチックにぶつかり合ったひとときは、そのあと続いた会話のせいで輝きを失った。

そして今、グレースは後悔していた。ひどく後悔していた。黙っていればよかった。

言葉は一瞬の完全性を傷つけるものだから体を重ねるときに会話はいらないというラファエルは、正しいのかもしれない。言葉は人間に与えられた、もっとも有害な武器なのだろう。よりによって言葉がどんなに人を傷つけるか知っているはずの私が、無神経なことを言ってしまった。グレースは申し訳ない気持ちで胸がいっぱいだった。

返済期限を延ばしてほしいと頼まなければよかっ

た。ラファエルは、色よい返事をすれば関係を持ってもいいと私がほのめかしていると思ったのだ。いいえ、それよりも結婚についてきかなければよかった。彼の皮肉や広い肩が緊張していたことが気になって、きかずにいられなかった。彼に手を差し伸べずにいられなかった。あんなに苦しんでいる人間を見たら、誰でもそうするだろう。

たしかにラファエルは苦しんでいる。

先ほどの彼の表情は、ひどく暗くて恐ろしかった。グレースは途方もないパニックに陥り、取り乱した。怖くなったのだ。自分と彼が。

しかし同時に、ラファエルの目も見た。そこにあるのが粗暴さではなくつらさや苦痛、悲しみだと気づいたとたん、恐れは心配と同情に変わった。なぜラファエルの中にはっきりと闇が見えるのだろう？　なぜ夜も彼につきまとい、安全だが血の通っていないコンピューターに釘づけにさせる記憶とはなに？

どんなに体を重ねることに対する女性の考え方を、ラファエルがばかにしていても、暑いジャングルでのひとときを欲望以外のものだと考えるほど、私は世間知らずでも愚かでもない。今まであれほどの経験をしたことはないけれど、火花が散るような関係があることは知っていた。愛がなくても欲望は生まれることも。だからといって、愛を信じないわけではない。見つけてはいなくても、愛は存在する。ひょっとしたら私のところには永久にやってこないかもしれないが、望みは持ちつづけるつもりだ。希望や愛のない人生になんの意味があるの？

突然グレースは、ラファエルの目に宿るはてしなく暗いむなしさの正体に気づいた。ラファエルは愛のない人生を送っているのだ。

なぜそんな人生を選んだの？　どうして私はそんなことを気にしているの？

4

二人は黙って歩いた。ぎごちない沈黙を、鳥のさえずりや蛙の声や猿の咆哮が破る。今やすっかりなじんだ森林の音楽は、二人の歩みの伴奏だった。

ラファエルはときおりグレースの方を振り返っては、すぐに視線を戻した。なぜこちらにちらちら目を配るのか、彼女にはわからなかった。小道に沿って勢いよく流れる川に私が頭から落ちたとしても、ラファエルはまるで気にしないでしょうに。

私はうっかり手を差し伸べて彼の心の奥にある暗い秘密に触れようとしたが、まるで彼が傷ついた肉食獣であるかのように警告されただけだった。離れろ、近づきすぎるなと。

計画どおりコーヒー農園を訪ねてロッジに戻ったら、ラファエルは投資への返事をくれるだろう。答えがどうだろうと、私は帰ることになる。

そしてラファエルは、私の中で過去になる。いいことだわ。泥の水たまりにははまらないよう丸太の上でバランスをとりながら、グレースは思った。私は感情を伴わないセックスにふけったりしない。二人が肉体的なつながりを深めるなら、心を伴うものでなくては。

グレースはもの思いにふけるのに夢中で、立ちどまったラファエルにぶつかりそうになった。「ごめんなさい」相手が差し伸べた手をよけてあとずさり、木々の彼方に目を凝らす。「なぜとまったの？」

「ここからはコーヒー農園の敷地になる」

グレースの突拍子もない質問に答えて以来の、ラファエルの言葉だった。しかし、温かみは感じられなかった。感情もこもっておらず、ただ事実を言っただけ。必要な情報を伝えるベテランの旅行ガイドみたいだ。

グレースは道の両側に広がる密林を見て驚いた。

「ここはまだジャングルでしょう?」

「その中でコーヒーを育てているんだよ。農園主は周辺の森林の手入れもしている。自然と完全に共生して、農園を運営しているんだ。環境にやさしいのさ」ラファエルは口を引き結んだ。「君はそういうことに関心があるんだろう、グレース?」

また仕事の話に戻るのね。ラファエルの厳しい視線と皮肉は、グレースにはまだ説明することがあるはずだと物語っていた。雨に濡(ぬ)れながら密林の中で分かち合った情熱はどこにもない。

グレースはそのことには触れなかった。二人が分かち合ったものが一時的なものだと知っていて、なぜ言えるだろう? 生まれたと思ったなにかは、お互いの言葉によってたちまち消えてしまった。二人ともお互いを知らないから、正直だったとは言えない。だから、彼のうわべだけの言葉が琴線に触れるなんてことがあるわけないでしょう?

「ええ、関心あるわ。この農園の由来なら知っているの。コーヒーをあれだけの値段で買うことにしたのは、環境に配慮して育てられているからよ。もっと安いコーヒーを使っていたら、今ごろあなたは利益を手にしていたかもね」そして、これほど怒ってはいなかったかも。すべてはお金しだいなのね。そのせいで、魅力的でお金のかかる奥さんは出ていったの? 夫がお金にしか興味がないから?

「強い関心があるんだね?」ラファエルの目には、皮肉な光が戻っていた。「話は農園を見てまわってからにしよう」

二人は水を蓄えるためにせきとめられた小川の横を歩いた。山羊(やぎ)が草をはみ、鶏は自由に走りまわり、幼い子供たちが泥んこになって遊んでいる。

いくつかある家を進んでいくと、男性と女性が出てきた。服は土埃で汚れ、くたびれている。ブラジルの強烈な日光の下で働いているせいか二人の顔や手はかさかさで、年齢はわからない。六十代後半のようだが、もっと若いのかもしれない。

　両手を差し出して、女性がラファエルに挨拶した。その態度には温かさと敬意が感じられた。ラファエルはポルトガル語で早口にしゃべりながら、ときおりグレースのほうをちらりと見たので、彼女はいやでも自分のことが話題になっているのがわかった。

　びしょ濡れになった自分のひどい格好を意識して、グレースは顔にかかった髪を払いのけた。だが、二人はグレースの濡れた服にも気づいていないようだ。ラファエルの話を聞きながら、心配そうにグレースをちらちらと見ている。浮かべていた歓迎の笑みも、話を聞くうちに凍りついていった。

　グレースはため息をついた。ラファエルが私について話しているのなら、どんな内容であってもお世辞ではないはずだ。敵意までは感じないけれど、彼は私に好意的ではない。でも体の相性はよかった。グレースは思い出して悔しくなった。少なくともその点は、彼もわかっているはずだ。

　ラファエルの話が進むうち、グレースは夫婦の態度が変化したのを感じた。二人は顔に狼狽と不安を浮かべて、彼女を見ている。それに……怒ってもいるようだ。自分の突然の訪問が歓迎されていないと悟ってグレースはふいに気まずくなり、ラファエルに尋ねた。「こんなふうに来たから、怒ったのかしら？　もしそうなら今すぐまわれ右をして、家に帰るしかないわね」

「家？」あざけるようなラファエルの口調から、密林の美しいロッジに自分はなんの権利も持っていないことを思い出した。グレースはひどく疎外された気分になった。

「もちろん、あなたのロッジのことよ」グレースはもごもごと訂正した。なぜ言葉を交わすたびに、地雷原に踏みこんだような気分になるのだろう？

ラファエルはグレースを見た。その視線は好意的ではなかった。「彼らは君の訪問に怒っているわけじゃない。だがもちろん、彼らは君のせいで悩んでいるし、心配している」

「私の事業が不振だと知っているの？」

しかしラファエルはグレースの質問を無視し、ポルトガル語に切り替えて夫婦と話を続けた。彼らを安心させているようすだ。それが功を奏したのか、女性が彼の手を取って、感謝のまなざしを向けた。

ラファエルの黒い瞳が思いがけずやさしくなったのでグレースはあぜんとし、たくましい彼の指が老婦人の労働にやつれた手を握るのを見た。自分の手が握られたわけでもないのに、ラファエルの長く強い指に力がこもるのがわかってほっとする。

ラファエルは感情と無縁というわけではないのね。愛を示しているわけではないけれど、気持ちを表すことができないわけじゃない。

しかも相手はハリウッドの大女優などではなく、密林に住む一介の老婦人だ。彼女はラファエルとは比べものにならないほど貧しい。

ラファエルは老婦人の手を放し、すぐに英語に切り替えて巧みに話した。グレースはうらやましくなったが、なんなく能力を身につけた他人を見るといつも感じる劣等感を押しのけて夫婦の前に進み出た。

「カルロスとフィロメナだ」ラファエルは穏やかに紹介した。「親戚（しんせき）や近くの町から通う二、三人の労働者と一緒に農園を経営している」

グレースは樽（たる）で遊んでいる子供たちにちらりと目をやった。「彼らは二人のお子さんなの？」

「孫だよ。子供たちはコーヒー農園で働いている」

「正真正銘の家族経営なのね」グレースは、夫婦がふいに緊張するのを感じた。フィロメナが前に出て、ポルトガル語でなにか言っている。

「自分たちの農園を見てもらう機会がきてうれしい、とフィロメナは言っている」ラファエルの口調にはどこか不安にさせるものがあったが、グレースはうなずいてほほえんでみせた。

　夫婦はグレースを密林に向かって案内しながら、両手を振って早口でまくしたてた。ラファエルに訳してもらおうと、彼女は振り返った。「なんて言っているの？」

「コーヒーは密林の木陰で育てている、と言っている。だから森を破壊せずにすむし、木々は地中の窒素を増やしてコーヒーの成長の助けになる。木々を残しておくことで土地の衰えを防ぎ、厳しい気候からコーヒーを守ることができるそうだ。天然の糖分も増えるから、コーヒーの香りも増すらしい」

「そのうえ落ち葉は養分になるし、水分を蓄えてくれるわ」グレースはにっこりした。「どうぞ彼らに伝えて。木陰で栽培する利点がわかったわ。全部のカフェの壁に、このことを書くつもりよ。森を保護しているとわかれば、お客はみんな喜んでコーヒーを飲んでくれるでしょう」

「きっと大儲けできるさ」ラファエルは目にさっと軽蔑の色を浮かべた。一瞬グレースを注視してから、フィロメナの方を向いて静かに話す。老婦人はすぐに手を何度も振りながら答え、夫の方をちらちらと見た。声が高くなったかと思うと彼女は口をおおい、首を横に振って目に涙を浮かべた。

　グレースはひどく心配になって、ラファエルの方を振り向いた。「なにかまずいことでもあるの？」

　決心したように夫をちらりと見て、フィロメナは前に出た。「コーヒーを一杯、いかがですか？」

〝カフェジーニョ〟とはコーヒーのことだと知っていたので、グレースはうなずいてから確かめるよう

にラファエルを見た。「コーヒーを試飲するように
と言ってくれているの？」
「親切にしてくれているのさ」ぎゅっと結んだラフ
ァエルの口元はいかめしい。「こんな状況では、君
の身にあまるほどの親切だ。受けたまえ」
私の身にあまるですって？「どんな状況なの？
なぜ彼女は興奮しているの？」
「夫婦は君に親切にするお返しに、誠実であっても
らいたいと思っている」ラファエルは怒りもあらわ
に、きらりと目を光らせた。「ゲームは終わったの
さ、ミス・サッカー」
なんのゲーム？　だがグレースが尋ねる前に、ラ
ファエルは夫婦と彼らの家に向かって歩きだした。
残されたグレースはあとを追い、川の流れに沿った
狭い小道を進んでから曲がり、鬱蒼と茂る森林を背
景に数軒かたまって立つ家をめざした。ラファエル
の辛辣な言葉を理解しようと必死だったものの、果
樹や花やさまざまな種類の植物を見て驚く。「なん
てきれいなの。コーヒーのほかに、こういうものも
育てているのね」
「彼らはいろんな作物を育てる。害虫や病害を最小
限にするためだ」
「こんなに環境に配慮するのは大変でしょうね」
家に着くと、ラファエルは脇によけてグレースを
夫婦のあとについていかせた。彼の目には怒りがこ
もっている。「彼らの暮らしを脅かすものが、環境
だけとは限らないよ」
みんなは座り、グレースはコーヒーカップをあり
がたく受け取った。液体をゆっくりと口に含んで香
りと風味を堪能し、低くうなる。「おいしいわ。イ
ギリスで飲むより、おいしいくらい」
長い沈黙のあとで、フィロメナが話しだした。感
情を吐き出すような激しい口調だった。
グレースはコーヒーカップをテーブルに置き、ふ

いに雰囲気が変わったことに気づいてラファエルを見た。「どうしたの？　なんて言っているの？」

「フィロメナは知りたがっている。それほど好きなら、なぜ正当な価格で買わないのかをね」

グレースはちょっとの間口をつぐんで、ラファエルの言葉を考えた。つまり、私が払っているコーヒーの価格が安すぎるというの？「私たちは正当な価格を払っているわ。日陰で育てた有機農法のコーヒーを扱っていることが、店の売りだもの。コーヒーの質の高さがね」

「だが、高品質の生産品は費用がかかる。違うかい、グレース？　高い金を払っているなら、利益を出すのはむずかしいだろうね？」

グレースは顔をしかめた。「私たちが適切な金額を払っていない、と言っているのね。でも、市場価格よりはずっと高いわ。数字を確かめてみて」

ラファエルの視線が鋭くなる。「数字は確かめた。僕が投資を拒否するのはなぜだと思う？」

「利益を出していないからでしょう。それに……」

グレースは口ごもった。「コーヒーに払っている価格のせいなの？　それなら、あなたは間違っているわ。質のいいものには、きちんとした値段を払うことにしているもの」

「だが、誰に対して？」

グレースは彼を見つめた。「どういうこと？」

「ここ数年、〈カフェ・ブラジル〉が買い上げ価格をしだいに下げているせいで農園は青息吐息だ。政府の補助金がなければ存続できないほどなんだよ。一家は食べていくこともままならない状態だ」ラファエルは今にも爆発しそうな口ぶりで話した。「子供たちは、ほかで仕事をさがさなくてはならない状況に陥っている。君の支払い額では、カルロスは子供たちや孫たちを養えない。君が強欲なせいでこうなったのさ。どういうことか、わかったかい？」

グレースは凍りついたように立ちつくした。

私が強欲？

向かいに座る心配そうな夫婦のしわだらけの顔を見るうちに、彼女の鼓動は激しくなっていった。なにをしたのかはわからないが、ラファエルの怖い顔を見ればグレースが取り返しのつかない罪を犯したと思っているに違いない。夫婦もそう信じている。

「私たちはコーヒーに大金を払っているわ」グレースはかすれた声で言った。「だからこそ、利益を上げるのにこんなに長くかかっているのよ」

「君の会社の帳簿にそうは記載されていない。フィロメナは現在の価格では今後とても売れない、と言っている。代わりの買い手をさがしているそうだ」

「困るわ！　そんなことしないで。コーヒーがとりわけすばらしいことは、私もお客も知っているわ」

グレースは身を乗り出し、老婦人の気持ちをやわらげようと手を伸ばしかけたが、結局自分の膝に置いた。相手はなぐさめなど求めていない。「なにか間違いがあるはずだ、とフィロメナに話して。まだ全容はわからないけれど、調べてみるわ。約束します。でも、コーヒーを売るのはやめないで」

「調べるだって？」ラファエルの声は皮肉たっぷりだ。「なにを？」

「帳簿は見たでしょう？　コーヒーに大金を払っているのは知っているはずよ」汗ばんだてのひらをズボンでふく。「諸経費がやたら高かったはずよ」

「君のところにコーヒーを供給している輸入業者に対して、高額な支払いをしているのは見たよ」

グレースはラファエルをじっと見つめた。「私たちのお金が渡っていないってこと？　父の使っている業者が、不当な値をつけているとでも？」

ラファエルは気のない笑みを浮かべた。「業者だけが不正直だとは思わない。君が払っている金は、不当につりあげられている。適正な価格よりはるかに高い。金を受け取る人間は数名いるはずだが、不運なことに、農園はその中に入っていないんだ」

グレースはふいに口が乾くのを覚えた。「私たちが業者と交わしている契約がいんちきだというの？業者が不当に高い額を請求しておいて、あとから差額を私と分けていると思っているの？」

「そうさ」ラファエルは穏やかに答えた。グレースの高まる緊張も、まるで気にかけていない。

グレースは彼をじっと見つめた。「ほかにその数字を説明する理由があるとは考えないの？」

「たとえば？」

グレースは唇を噛んだ。「言えないわ。今はまだ。でも知らせる」

「なにか口実を思いついたらかい？」

「いいえ、違うわ」グレースはラファエルにくってかかった。パニックに陥っていた。「なにが起きているかわかったらよ」

「ひょっとすると君は、業者が心底気に入っているんじゃないのかい？」ラファエルの視線がグレースの口元から胸へと下りる。なにを言いたいのかは明らかだ。

密林での官能的なひとときをほのめかす言葉にグレースは赤面したが、答えなかった。言い返そうとして口を開けかけ、すぐに閉じる。答えてどうなるの？普段はあんなにはしたないふるまいはしないと言ったところで、どうにもならない。すでにふくらみきったラファエルのうぬぼれを増長させるだけだ。どちらにしても、彼は信じようとしないだろう。

「なにかが横行していることは確かね。すべての証拠がそう示している以上、私は疑われてもしようがないわ。二、三本電話をしなくては。情報を集めるために」

「電話なんかしなくていい。君の事業は終わったが、心配しなくてもいいよ。女優としてじゅうぶんやっていけるから。とても説得力がある」ラファエルはあくびをして立ちあがった。「暗くならないうちに帰りたい。ジャングルは暗くなるのが早いんだ」

　グレースは暗くなるのも、密林にひそむ危険も気にならなかった。悪魔はすぐそばにいて、今まさに彼女を追いつめていた。

　私の会社はどこかまずい。ラファエルが正しければ、誰かが帳簿をごまかしてお金を手にしている。どうやってそんなことができたの？　誰の責任？

　私は潔白だとラファエルに認めさせることができたら、すぐに両方の問いの答えを見つけよう。

　でも彼にどう思われようと、かまわないでしょう？　実際の問題は、この老夫婦のようにやさしく親切な人たちに罪があると思われることだ。

　ある意味、私にも罪があるのかもしれない。グレースはみじめな気持ちで考えた。私がお金を取ったわけではないけれど、会社は私のものだ。なにかまずいと気づくべきだった。

　自分のせいで苦しんでいるなんて申し訳ない。グレースはとっさに膝をつき、フィロメナの手を握った。「なにが起きたのか調べたうえで、支払わなくてはならないお金はお返しします。あなたのご家族をこれ以上苦しめたりしません」約束しながら、グレースは感極まって声を震わせた。次にラファエルの方を振り向き、今度はきつい声で言う。「訳して」

　ラファエルの目は冷たい。「つかの間の希望を与えるつもりはないね」

「訳してよ！」その声の激しさに、ラファエルはぎょっとしたらしい。ポルトガル語でフィロメナに伝えた。

　フィロメナはためらっていたものの、やがてグレースの肩に手をかけてうなずいた。

「予想どおりの反応だな」ラファエルの声には棘(とげ)があった。「君はまったくの潔白だと、フィロメナは思いこんでいる。愉快だろう？」

まだ自責の念に駆られながら、グレースはぎゅっと拳を作って立ちあがった。「いいえ、ちっとも愉快ではないわ。二人が傷つき、私のことで苦労していると知ったんだもの。それに、誰かが自分の懐を肥やすのに私の事業を利用しているんだもの。あなたが話しているのは私の人生なのよ。〈カフェ・ブラジル〉は私にとって大切なものなの。私たちは人々を助けているつもりでいたわ。苦労している人たちを」苦労とはどんなものか、私はよく知っているから。

「だろうね」ラファエルはあざけるような笑みを浮かべた。「君は聖人さ。ハイヒールをはいたね」

グレースは唇を引き結んだ。「たしかになにかが起きていて、私がかかわっていると思われてもしかたないけど、実際は違うわ」

おなじみの絶望感が襲ってきた。ただボールのようにまるまって、人生から隠れたかった。

グレースはフィロメナの不安そうな表情を見、子供たちが外で叫んだり笑ったりしている声を聞いた。子供たちは自分たちの将来が危ういことを、まったく知らない。私はまるくなることもできないし、隠れ場もない。みんなが私を頼りにしているもの。

彼女は顔を上げてラファエルの目を見た。「私が不正にかかわっていると思われるのは心外だわ」

「僕にしたら、詐欺を働かれたことが心外だね。ことに罪のないブラジル人を犠牲にするとは」

グレースは息を深く吸った。「あなたの話からすると怒ってあたりまえだし、なぜ返済期限を延期しようとしないのかもわかったわ」

「よし。では、互いの時間をこれ以上無駄にすることはないね」

「ちょっと待って」グレースは手を伸ばして、ラファエルの腕を押さえた。「投資を引きあげられたら、そうしたくても不正を正すことはできないわ」

　ラファエルの視線は痛烈なほど冷ややかだった。

「もちろん、そうだろうとも。君の収入の多くが煙となって消えるのを見たくはないだろう」

「私の収入について言っているわけじゃないわ。なぜわかってくれないの？　不正は私が知らない間に起きたことなのよ」

　ラファエルの口調は目と同じくらいきつかった。

「君は会社の経営者で、帳簿をいつでも見られたはずだ。知らないなんて考えられない」

　はっと思いあたることがあって、グレースはこみあげる恐怖を感じつつラファエルを見つめた。考えられないだろうか？　いいえ、考えられなくはない。

　ふいにジグソーパズルのピースが頭の中で組み合わさり、怪しげな不正の全体像が見えた気がして、グレースは暗い気持ちになった。ここへ着いたときはなんのことか理解できなかったラファエルの言葉が、脳裏によみがえる。〝夜はよく眠れるかい？〟

　不正はあったのかもしれない。その方法が今、わかった。けれど、誰の仕業かはわからない。

　恐怖に駆られて、グレースはふいに真実を口走りそうになった。だがラファエルのいかめしい口元を見て、その気はうせた。今さら真実を告げても遅い。人の気持ちを読む才能などなくてもわかる。ラファエルは私を試し、有罪だと思ったのだ。彼の瞳の奥には、生々しい怒りがちらついている。最初に正直に言っておけばよかったのだ。

　ラファエルの会社の人間に、最初から自分の限界を伝えておくべきだった。だが伝えていれば、決して投資はしてくれなかっただろう。だから私は秘密にした。問題を自分で処理することには慣れていたから。

　今もまだ、グレースは問題を信じられなかった。ラファエルの言葉を受け入れられず、うまい説明をさがしてみたが、なにも見つからなかった。

彼女がふらつくと、ラファエルのたくましい腕が伸びてきて椅子に座らされた。

「座りたまえ」ラファエルが乱暴に命じた。「この夫婦はなんの非もないのに、君のせいで破産寸前まで追いやられているんだぞ」

グレースは唇を湿らせ、必死で冷静になった。「私たちはある会社を通じてコーヒーを気前のいい値段で買ってきたわ。彼らは生産者にお金を渡していないのね。差額をどうにかしているに違いないのよ。私の会社の誰かと分けているんだわ」

ラファエルはばかにしたように笑った。「誰がそんなことをしているのかな？　経営者かい？」

衝撃のあまり弁解する気力もうせ、かぶりを振った。「いいえ、私じゃないわ」じゃあ、誰が？

今するべきことは帳簿を細かく調べることだが、とてもできない。誰を信じればいいの？

グレースは皮肉な状況に笑いそうになった。

私を救える唯一の男性が、不愉快そうにこちらを見ているなんて皮肉だ。真実を知れば、彼はますます私を非難するだろう。潔白を証明するためにすべて話さなくてはならないけれど、ついためらってしまう。

これまで言い訳をしたことはなかったし、今もする気はない。自分が直接非難される立場ではないとしても、責任を逃れられるわけではない。〈カフェ・ブラジル〉は私の事業だ。私は過信していた。そしてそのせいで、ひどい結果を招いた。

ラファエルには、助けてと頼むことも返済期限を延長してくれないと文句を言うこともできない。すべては終わった。イギリスに帰り、なんとか答えを見つけよう。それから自分の会社を救うために、必要な投資をどこかほかから受けるとしよう。

5

二人は熱帯雨林を通ってロッジに戻る間も、緊張をみなぎらせていた。コーヒー農園で言い争ったあとで、ぎごちない雰囲気が漂っている。

別に驚くことではないと、ラファエルは長い脚を動かしながら思った。女性は本性を知られると、不機嫌になる。そしてグレースは、これ以上ないほど徹底的に正体を暴かれた。横領を責められ、その結果を突きつけられたのだ。僕がそばにいてフィロメナが泣いていては、彼女は自責の念を口にするしかなかった。

事実、グレースの話にはなるほどと思わせるものがあった。そんなことはありえないと知らなければ、真っ向から非難を受けとめたグレースに驚いたことだろう。衝撃を受けた彼女のようすと巧みな後悔の言葉には、もう少しでなぐさめと助力の言葉をかけそうになったくらいだ。

自分が間違っていないことを確信するために、ラファエルは事実をもう一度頭の中でさらってみた。僕が暴いた不正に関して、グレースに罪がないということがあるだろうか？　答えはノーだ。ありえない。彼女は経理に通じていた。業績を知っていた。加えて、会社の経理責任者はグレースの実の父親だ。つまりは、家族経営なのだ。

ラファエルは振り返って、グレースが遅れていないのにびっくりした。足早に歩いているのに、身長も低く体重も軽い彼女はついてきている。

次にグレースの目を見て、彼は彼女が心ここにあらずなのに気づいた。彼女の目にあるのは単なる怒りといらだちだろうか？　そうかもしれない。結局グレースの不正な金儲けの計画はばれ、終わった。

コーヒー農園でグレースが後悔してみせたのは、フィロメナとカルロスを前にしての芝居だったのだろう。女というものは窮地に陥ると芝居をすることを、僕は誰よりもよく知っている。それなのに、なぜ感じ入ったりしたのだろう？　貧乏人から金持ちにのしあがろうとする女がどんなにいやしいふるまいをするか、わかっているはずの僕が。

グレースの事業は破産しそうだが、彼女が必死に求めている頼みの綱を投げてやる気はない。

ラファエルは顔をしかめ、前方に集中した。

明日グレースを迎えに来てリオ・デ・ジャネイロまで送るようにと、すでにヘリコプターは手配した。ロンドンまでは民間の飛行機に乗ればいい。

ということは、グレースはあと一夜、密林で気をもむことになる。ただしひとたび自分の部屋にこもれば、後悔に満ちた態度をがらりと変えるのだろう。観客はいないのだから。

ロッジに着くと、ラファエルはグレースの方を振り向いた。「食事まで二時間ある。休むといい」

グレースははっとした。ラファエルがいるのを忘れているようすだ。「えっ？　ええ、ありがとう」

グレースの顔は蒼白で、目の下にはくまができている。打ちひしがれ、疲労困憊しているらしい。

「シャワーを浴びて、少し横になるといい」ラファエルはそう言いながら、自分がなぜわざわざ気をつかっているかわからなかった。グレースも同じことを思っているのか、大きく目を見開いている。

「もう一晩、おじゃますることになってごめんなさい」行儀のいい子供がパーティを中座するような口ぶりだった。

密林を歩く間にすっかり慣れてしまった勝ち気な口調で彼女が言い返してくれればいいのにと、ラファエルは思った。グレースは矛盾だらけだ。ユーモアと生まじめさが奇妙にまじり合っている。天真爛(らん)漫(まん)なのに、無意識の内に激しい欲望を抱いている。べたべたとまつわりついたりこそしないが、仕草の一つ一つは誘惑するようだ。

鳥の群が虹(にじ)色の万華鏡のようにロッジに舞いおりた。だがその姿を見ても、グレースがうれしそうに息をのむことはなかった。見たという言葉も、質問もない。まるで気づいていないようすだ。

まだ衝撃に打ちひしがれているらしい。

「夕食の席で会おう」その瞬間まで、ラファエルにグレースと食事をするつもりはなかった。彼女の目をよぎった驚きの色を見れば、ラファエルと同じくらい思いがけない言葉だったようだ。

なぜグレースともう一夜過ごしたいのだろうか？うんざりする問題にようやくけりがついて、ほっとしたというのに。朝になれば、彼女は僕の人生から姿を消しているだろう。

だが、グレースを払いのけるのはそれほど簡単ではないとわかっていた。密林でのキスには、同意した大人同士が熱いひとときを過ごした以上のものがあった。はるかに大きなものが。今でも目には見えないがそのなにかは二人の間に存在していて、揺らめいたり引き合ったりしている。神経質そうに身を引いたということは、グレースもそれを感じているに違いない。「私は部屋で食事をするべきかもしれないわ。電話を使わせていただけるとありがたいんだけど。もちろん、料金はお払いします」

「電話は部屋にあるから使うといい。だが、食事は一緒にするんだ」

グレースは言い返さなかった。疲れすぎてその元気がないのだろうかと、ラファエルは思った。彼女は降参したのか？　結構なことだ。心から後悔しているなら、二度と同じことはしないだろう。

グレースは受話器を戻すと、ベッドに倒れこんだ。どうにもならない。誰もいない。

父は出張中だし、事業の拡張を助けてもらおうと指名した部長も不在だった。業者にも電話してみたが、留守番電話が応えただけだった。

胸の奥で形をとりだした恐ろしい疑問は、簡単には消えそうになかった。ことに、何千キロも離れた密林にいては無理だ。ロンドンに戻って、会社から巧みにお金を横領した人間を見つけださなくては。

だがロンドンまでは飛行機で十一時間もかかるうえに、私はまだジャングルの中だ。それに、朝までここで過ごさなくてはならない。私を頭からひどい女だと思っている男性と。

皮肉なことだ。ラファエルが世間で言われるほど冷たい男性ではないとわかった行動によって、私は自分の大切なものを手放すことになってしまった。

私が老夫婦をだましたと思ったから、ラファエルは投資を引きあげると言ったのだ。自然を相手に闘っている率直で正直な人たちを私がだますのを見るに堪えなかっただけで、私から儲けの最後の一セントまで絞りあげようというのではなかった。

確実な証拠を握っていた彼の態度を、どうして非難できるだろう？

ラファエルが正しいなら、私の会社は農園の人々をだましたことになり、なにも知らないからといっても言い訳にはならない。彼が老夫婦を深く心にかけていることを知って、グレースはうれしかった。ラファエルは感じることができないほど傷ついているわけではないのだ。その心の奥深くには、いいところがあった。

だけど、私の会社を救う手助けにはならない。

グレースが育んできたものは、ことごとく塵となってしまいそうだった。社員が仕事を失うのも、すべては自分のせい。気づくべきだった。けれど、そんなことなどとうていできなかった。

ラファエルに真実を伝えようか？　でも、伝えてどうなるの？　今はなにを言っても、弁解がましく聞こえるだけだろう。説明するには遅すぎる。

泣きたかったが、涙は出なかった。グレースはぼんやりと横たわって天井を見つめ、次になにをしようか考えた。しかし感情が胸の内に鬱積して、じっとしていられなかった。

怒りと混乱と不安が渦巻く。なによりも答えが欲しかった。誰がこんなことをしたのか？

グレースはベッドから飛び起きると、梢にとまる小鳥のさえずりや高い木の上にいる猿の鳴き声を聞きながら、部屋を行ったり来たりした。

急に自分も外に出たくなった。都会の暮らしや会社の問題をはるか遠くに退け、心を落ち着けてくれる緑深いジャングルに。

そのとき、マリアが話していた森のプールを思い出した。運動をすれば緊張がほぐせるというし、泳ぐことにしよう。そうすれば気持ちが静まって、夕食のときのラファエルとの会話もうまくいくかもしれない。会社やベッドや愛や結婚の話にならなければ、お行儀よく過ごせるかも。

グレースは赤い水着を着て、上から麻のワンピースをはおった。夕食用の服といえばこれしかないから、汚さないように気をつけなくては。浴室のバスタオルを取ると靴をはき、注意深く手になにか記して階下へ下りた。方向に自信はなかったけれど、ロッジの中をマリアをさがして歩く。

マリアはキッチンで野菜を刻んでいたが、グレースがプールへの道順をきくと快く手をとめてくれた。

ガラス製の丸天井の下を先に進み、家政婦はコーヒー農園とは違う方向へ向かう小道を歩きだした。

グレースは左右をちらりと見て、恐怖と喜びの両方を感じた。見たこともない美しい自然が、手つかずのまま広がっている。太陽に向かって槍のように伸びる巨大な葉や、地面近くに茂る葉。どれもやたら大きいので、巨人の庭を歩いている気分になる。蔓は木の幹を這いのぼり、蘭や羊歯が枝という枝にびっしりと生えていた。

ぱっとなにかが動き、グレースは立ちどまった。鮮やかな色の蛙が幹につかまっている。頭上の鳴き声に顔を上げると、真っ赤な鳥がさっと下りてきた。鸚鵡？　大嘴だろうか？　鳥の生態なら、夕食の席にふさわしい無難な話題だ。野生生物について話すことにしよう。小道からそれてさらに細い道に入ると、グレースは位置を覚えようと集中した。

肩越しに振り返って、ロッジに帰る道を確認する。やがて緑が少なくなり、道幅も広くなった。すると眼前にプールが現れ、彼女は驚きとうれしさで息をのんだ。

高い崖から白い泡を立てて水が流れ落ち、大きなプールに注いでいる。周囲には大きな岩や背の高い羊歯がある。色とりどりの蝶々が飛び交う中で木々や見知らぬ植物に囲まれたプールは夕日に照らされ、まるで百万もの宝石が沈んでいるかのように輝いていた。

「きれいね」グレースは言った。

マリアはうなずいた。「夜は必ずしも安全ではありません。ロッジに戻るときは気をつけてください。道を間違えやすいですから。まず左に曲がり、次に右です」

グレースはプールを見つめた。今日はジャングルを歩きまわり、会社について衝撃的な事実を知ってくたくただった。ちょっと頭を冷やして、くつろごう。そうすれば、このあとの夕食にも耐えられるかもしれない。

それから考えよう。いったい正確にはなにが起きているのか、どうやって夫婦に弁償したらいいかを。

ラファエルはジャングルの曲がりくねった道を、プールに向かって大股に歩いた。電話で立て続けに用件を片づけている最中に、マリアが入ってきてグレースが泳いでいると告げた。彼は、グレースがこんなときに外に出たことにいらだちを感じた。ニューヨークの会社はひどく込み入った取り引きの真っ最中にあり、絶えずラファエルの助言を求めてくる。もちろん、グレースをそのままほうっておくこともできた。野生動物がわざわざプールに姿を見せることはめったにないが、それでも……。

ラファエルは歩みを速め、空を見あげて夜が近いと思った。その思いを裏づけるかのように、道の端がふいに光り、蛍が数匹目の前をよぎった。

曲がり角に来ると、まもなく滝の音が聞こえた。ラファエルは巨大な岩々をおおう羊歯の間を急いだ。やがて、鮮やかな赤が目に飛びこんできた。まるでなにかの生き物のように、グレースが巧みに泳いでいる。ほっそりとした体は優雅で、金髪が水中で揺れていた。

熱い欲望を感じ、ラファエルは一緒に泳ぎたいという衝動をこらえるようにズボンのポケットに手を突っこんで低く悪態をついた。一緒に泳げば、望みもしないややこしい事態になるのはわかっている。

僕が望むのは体のつながりだけだが、グレースのような女性が相手では無理だ。もっとも向いていない。ラファエルが気に入らないのは彼女の強欲などころではなかった。強欲な女性とも楽しいセックスはできる。

ある程度なら、女性と駆け引きすることもあった。だからこそ、世界の一流宝石商の大半と懇意にしていた。彼が苦手なのは強欲ではなかった。まったく別のものだ。グレースはダイヤモンドを期待してはいないし、偽りの愛の言葉も望んでいない。しつこく尋ね、分析し、懸命にさがせば、すべての疑問に答えが見つかると思っている。

彼女は表面的な関係で満足する女性ではない。今でさえ、グレースはプールの中で思案にふけっているようすだった。目を開けて、ラファエルを見る。「夕食に遅れたかしら？」「もう出たほうがいい？」彼のそばまで泳いでくる。暖かい夕日がグレースの体を照らし、髪についた水滴が水晶の粒のように輝いていた。

激しい性の飢えに襲われて体が燃えあがり、ラファエルはただちに女性に関するルールを変えた。

ともかくグレースは話しすぎるし、僕の行動の原因に関心を持ちすぎる。グレースの気をそらし、うわべだけの関係もいいものだと教えてやらなければ。

「ジャングルではすぐに暗くなって道に迷う。ときには獣が来て、プールの水を飲むこともある」言った瞬間、自分のえげつなさにあきれた。なにを期待している？　グレースが悲鳴をあげてプールから飛び出し、助けてと僕の腕に飛びこんでくるとでも？

まあ、そんなところだ。そうすればグレースはわざわざ服を着ることもなく、僕は水着を脱がせることができる。そうしよう。決めた。

「プールにはなにがひそんでいるかわからないぞ。ピラニア、アナコンダ、鰐（わに）……」それ以上挙げるのに手間取っていると、グレースに見つめられた。

「それ以上危険なものはいないの？」彼女は疲れた口ぶりで言った。なにか命にかかわるほど危険なものが現れれば、問題から気をそらせることができてうれしいという感じだ。プールの中にじっとしているが、グレースはたしかに楽しんでいる。一人で空想でもしているかのようだ。

ラファエルは顔をしかめ、少しばかり大げさな表現をした。「ときどきなどはジャガーが――」

「私、猫は好きよ」

ラファエルはもう一度顔をしかめた。「プールから出るつもりはないのかい？」

　グレースは気のなさそうな笑い声をあげた。「なんのために？　あなたが激怒して、私を脅せるように？」

「僕は激怒していないし、脅しもしない」

「あら、するわよ。でも、非難はしないわ。あなたでもなにかを気にかけることがあるのね」

　ラファエルは歯ぎしりした。まただ。グレースにいてもらいたいのは僕のベッドだけだというのに、彼女はじりじりと僕の心ににじり寄ってくる。「君は僕という人間がまるでわかっていないよ」

「ええ、そうね」グレースは水面に仰向けになると、目を閉じた。「あなたは殻に閉じこもっていればいいわ。本当はいい人だと見抜かれて、悪くて危険なイメージを崩されるのが怖いんでしょう？」

「おしゃべりがすぎるぞ」ラファエルがうんざりした口調で言うと、グレースは目を開けた。

「あなたはしゃべらなすぎよ」口元にかすかに笑みを浮かべている。「容姿で人を判断しないことを学べば、人間らしくなれるのに」グレースの口の左側に、えくぼができた。

　ラファエルの目はそのえくぼに釘づけになった。

「プールから出るつもりはないのかい？」

「出るわ」グレースはプールから上がると、髪を顔から払いのけてタオルに手を伸ばした。「動物のことをあれこれ言って、私を怖がらせようとしたの、ラファエル？　時間の無駄よ」

　ラファエルもそのことには気づいていた。グレースは密林の中を歩き、川に落ちたり自分の手くらいある蜘蛛にでくわしたりしながらも、一言の文句も言わなかった。「密林では注意が肝心だ。危険がいっぱいだからね」

「それって、商売の世界と似てるわね」グレースは手足をタオルでふきながら、軽口をたたいた。「一瞬でも注意をおこたれば、誰かに一口で食べられる。夢もみんなのみこまれてしまうんだわ」

グレースの一挙手一投足に、ラファエルは見入っていた。彼女の腕の動きは踊り子のようになめらかで優雅だった。赤い水着は体に張りつき、まるで体の一部のよう。グレース自身もジャングルの生き物みたいで、周囲と同じくらいエキゾチックだ。その瞳に宿る影と華奢な肩がこわばっていることに気づかなければ、のんきにくつろいでいると思っただろう。

「電話はしたのかい？」

「ええ」グレースは肩にタオルをかけて明るく笑った。「話がいんちきのことになると、誰もいなくなるみたい。ジャングルにいる間に、略奪者への対策くらいは学んでおくべきね」

グレースの言葉には自嘲の響きがあったが、ラファエルには理解できなかった。では、演技をやめるのか？　なにがあった？　ラファエルは歯を食いしばった。彼女は芝居に疲れ、罪を認めたのだから、もっと大事な用件に入れるじゃないか。「誰と話したかったんだい？」

「みんなよ」グレースは足をするりと靴に入れた。「父。コーヒーを私たちに売った業者。でもみんな都合のいいことに、消えているの。沈没する船から鼠が逃げ出すみたいなものね」ジャングルを見つめるグレースの目に、涙が光ったような気がした。だが次の瞬間、彼女はラファエルの方を向いてにっこりした。「人を信用しすぎた私が悪かったのね」

まだ言っている。ラファエルはいらだちながらグレースを見た。彼女の巧みな言い訳を、僕が信じるとでも思っているのだろうか？　グレースが本気で電話をかけるつもりだったとは、とても思えない。答えはすでに出ているのに、なぜ電話をすることがある？「たまたまいなかったんだろう」

　ラファエルの皮肉な口調には気づかず、グレースはうなずいた。「たぶんね」目には疲れが見え、口ぶりはよそよそしく、明らかにラファエルと距離をおきたがっている。自分でも理由はよくわからないが、彼はその距離がなければいいのにと思った。

　急に、グレースに罪があろうとなかろうとどうでもよくなった。ただ、ベッドに誘いたかった。ほかのことはどうでもいい。たしかに、グレースは強欲で自分勝手な女性だ。しかし、そうでない女性などいるか？「話題を変えよう」ラファエルは助け船を出した。彼女に芝居をやめてほしかった。グレースがうなずき、ほっとする。

「ええ、もうやめましょう」その声はきっぱりとしていた。「もはやあなたの問題ではないわ。結論は出ているもの」

　ついにうまくいきそうだ。「会社のことは忘れて生きてみたらどうだい？　なにかほかのことをしてみるとか」

「まあ……とてもそんなことはできないわ。たくさんの人たちが私の下で働いていて、私があきらめたら困ることになるもの」グレースが首をかすかに振ると、豊かな髪が肩にかかった。彼女が髪を一つに束ねて絞る。「だから、投げ出す気はないわ。誰が犯人か突きとめて、お金を取り戻してみせます。そのあとで別の投資を受けてからカルロス夫妻にお金を返して、仕事を続けるわ」

　ラファエルは、まだグレースが罪を他人に押しつけていることにうんざりした。今本当にしたいのは彼女を引き寄せてキスをすることなのに、カフェだのコーヒーだの話にはげんなりする。望む方向に会話を向けるには、手段は一つしかない。「返済期限は延期するよ。そうすれば、君は好きなだけカフェを経営できるだろう」

グレースは動きをとめ、首を振った。「いいえ。でも、ありがとう。とても親切な申し出だわ」

親切なんかじゃないさ。ラファエルは歯を食いしばった。自分のためだ。いまいましい事業からグレースの気をそらせ、もっと価値のあることに向けさせるのだ。僕に。ラファエルはグレースの唇から目を離さず、話を続けた。「僕の金だ。与えるのは僕の自由だよ」

「それなら断るのは、私の自由だわ」グレースの声は穏やかだ。「あなたのお金は欲しくないの。今の状況では正しいこととは思えないわ」

ラファエルにとって正しいと思えるのは、ただ一つだった。二人とも裸になることと、絹のシーツがからんでくることだ。グレースがここにいる理由も詐欺行為も、もうどうでもよかった。「それなら、話は終わりにしよう」空を見あげ、彼は顔をしかめた。「あと十分もすればあたりは暗くなる。戻らなければ。夕食の前に着替えたほうがいい」

「まあ、どうしよう――」グレースは困惑したような叫び声をあげてかがみこみ、岩の上に置いたワンピースを取りあげた。「泥だらけよ。泳ぎながら水をはねあげていたんだわ」

わけがわからず、グレースを見る。「だから?」

「これしか着るものがないのよ!」グレースはワンピースを振ってため息をついた。「迷彩柄のズボンもこれも泥だらけじゃ――」

「それなら裸でいればいい」ラファエルはゆっくりとした言い方で提案してみた。

彼女の頬が赤くなる。「スーツを着るしかないわ……」

すぐに脱がすつもりだからスーツはまずいと言いたい気持ちを抑え、ラファエルはグレースの腕を取って歩きだした。「マリアが服を出してくれる。さあ、行こう。でないと、夕食を食べそこなうぞ」

　グレースはベッドの端に座り、夕食の席に着ていく服について心配するのはやめることにした。ラファエルの申し出を断ったのは間違いだったろうか？　高い理想を持つのは結構だけれど、誰からも投資を受けられなかったら、多くの人たちが職を失ってしまう。

　気持ちをふるいたたせようと、グレースはマリアが持ってきてくれたドレスを見つめた。角度によって輝きと色が変わる服は、あるときは淡い青緑色だが次の瞬間には銀色に見える。シンプルなのに、すばらしくエキゾチックで美しいドレスだった。

　最初に着たのは誰だろうかという考えは脇においていて、グレースは頭からドレスをかぶってみたが、ヒップでちょっと引っかかったので眉をひそめた。誰が着たにしても、私よりほっそりしていたんだわ。私にはきついかしら？　ぴったりしたデザインなのよ、と自分に言い聞かせて横の鏡を見る。

　ドレスはどんな平凡な女性でも映画スターのように輝かせるためにデザインされていた。罪と誘惑のために。着ただけで、グレースは笑みが浮かんできた。

　今夜だけは忘れるのよ。グレースは自分にそう言い聞かせ、ハイヒールをはいてバッグを手にした。

　ジャングルで過ごす今夜だけ、こんなドレスを着る女性でいよう。問題はみんな忘れる。ラファエルが口先だけで返済期限を延長してくれたといっても、今夜解決できる事柄はない。現実に立ち向かわなくてはならない明日は、すぐやってくる。

　明日にはロンドンに戻ろう。私を徹底的に避けている人々をさがし出し、事業のなにがまずかったのかきちんと突きとめなくては。それに、私の人生のなにがまずかったのかを。

　つまり、今夜はまだ楽園で過ごせるということだ。

6

グレースがテラスに出ると、ラファエルは席についていて酒のグラスを手にしていた。青いシャツの襟元から日焼けした肌が見え、グレースは思わず見とれた。普段着でも彼は格好よく洗練されていて、自分とは住む世界が違う感じがした。

端整なその顔立ちを見て、グレースの胸は狂ったように高鳴った。どうして彼からこれほど強い衝撃を受けるのかしら？　なぜかはわからない。しかし、一つだけわかっていることがあった。どんなに過去につらい経験をしたとしても、私が詐欺を働いたなどと彼に信じてもらいたくない。

その話題を蒸し返すつもりはなかったが、後ろめたさを感じずにはいられなかった。「あの人たちからお金を取るなんて、ひどい女だと思ってるんでしょうね。私の会社だから私にも罪があるとは思うけど、なにも知らなかったことはわかってほしいの」

ラファエルはグレースを見つめたまま黙っている。襲いかかる絶好の機会を待っているジャングルの獣みたいだった。「君を信じるよ」ラファエルのよどみのない男らしい声が、ずたずたになったグレースの神経を蜂蜜のように包みこんだ。

「本当に？」彼女は驚きと安堵を隠せなかった。「本当に信じてくれる？　今でも正確には誰の責任かわからないけれど、必ず突きとめて事態を変えてみせます。スタッフをもっとしっかり掌握するようにするわ。変だと気づくべきだったけれど――」

「日々の仕事に追われていると、つい掌握しそびれるものだよ」グレースの言葉を引き取って、ラファエルは続けた。その黒い瞳はとても温かく、驚くほど同情的だった。

「ええ」密林で感じたものとは違うが、それに近いなにかがあった。ラファエルがわかってくれたことに、グレースは心底ほっとした。「用心するべきだったわ。でも、疑いが晴れてよかった」

「もうその問題には触れないでおこう」そう言うラファエルの声は実にセクシーで、完璧な唇の形にグレースの目は吸い寄せられた。彼の唇を見ていると、キスを思い出さずにはいられなかった。あの熱く燃えるような唇と官能的な舌の動き、そして体に執拗に触れた手を。

なぜふいにキスのことを思い出したのだろう？ 会社や将来について心配するべきなのに、暑くじめじめしたジャングルの中で情熱をほとばしらせた記憶で頭がいっぱいだなんて。

私の人生は複雑な問題でこんがらがっている。だから、頭の中は数字や問題の解決策でいっぱいになっているべきなのだ。でも実際は、キスと情熱がこだましている。あえぎ声や、励ますようなやわらかいうめき声や、私を促すラファエルの太い声が……。

グレースはかぶりを振った。小娘みたいなばかな空想にうつつをぬかしていてもしかたがない。ラファエルは私にふさわしい男性ではないし、その事実はジャングルで熱いひとときを過ごしたくらいでは変わらない。私の世界と彼の世界は違う。

「ドレスのお礼を言ってなかったわね。きれいだし、ちゃんと着られたわ」グレースは快活な口調を心がけた。「このドレスの持ち主は、私より一まわりサイズが小さいみたいね」

「君のほうが似合うよ」ラファエルはおもむろに称賛の笑みを浮かべた。どこから見ても男らしい。

グレースは頭の中に渦巻く疑問を唇を嚙んで抑えた。誰のドレスなの？ あなたはその人を愛していたの？ 傷つけたの？ 今私を見ているみたいに、その人を見たのかしら？

ラファエルの視線を意識して、グレースはきらきら光る布地に手をすべらせた。「こんなドレスを置いていく人がいるなんて信じられないわ」

「持ち主はそそくさと立ち去ったんだ。ジャングルの生活は彼女に合っていなかったようでね」少し訛が強くなったが、表情はまったく変わらない。

だが、グレースにははっきりわかった。ドレスの持ち主に合わなかったのはジャングルの生活ではなく、ラファエルとの生活なのだ。つまり、ラファエルはその女性を傷つけたのだ。彼女は取るものも取りあえず出ていったに違いない。

そうとわかっていて私はなぜまだここに座り、この雰囲気に甘んじているのかしら？　なぜラファエルの親しげな視線から目をそらさないの？　危険を冒してもいいと思っているの？「あなたってとても複雑な人ね、ラファエル」グレースはかすれた声で言い、ワインを飲んで恥ずかしそうにほほえみかけた。「あなたは冷たくて熱いもの。人間嫌いと言いながら、親切だし。私にはわかるわ」

「僕を女々しい男にしないでくれ、グレース」

その言葉のイメージと現実のラファエルがあまりにもかけ離れていて、グレースはほほえんだ。

「ええ、あなたはそんな男性じゃないわ。でも、あなたはカルロスとフィロメナに親切と敬意をもって接していた。あの夫婦を深く気にかけていなければ、あんなに私のことを怒らなかったはずよ」

ラファエルはあざけるような目をした。「僕は聖人なのさ。聞いたことがあるだろう？」

「私は噂に興味がないから」

「噂に興味がないだって？」ラファエルはグラスを掲げて乾杯の仕草をした。「君は自分の性別を裏切る気かい？」

「いいえ、でも、姿形はあてにならないわ。人は経験に基づいて判断するものでしょう。私がここに来たとき、嘘をついたりだましたりするのは女性の遺伝子の一部だとあなたは言ったわ。でも、生まれつきそう思っていたわけじゃないでしょう。誰のせいでそんなふうに考えるようになったの、ラファエル？」

ラファエルは長い間、グレースを見つめていた。

「君は嘘やだましの遺伝子を持っていないかもしれないが、心理学者の遺伝子はたっぷり持っていそうだな。なぜ僕について知りたがる？」

「助けたいからよ」

ラファエルは冷ややかに笑った。「助けを必要としているように見えるかい？」椅子の背にもたれて、周囲を見まわす。その視線を見て、グレースは彼の意図を理解した。そう、二人はジャングルにいるが、だからといってラファエルの豪邸や莫大な財産にわずかでも影響があるわけではない。

「お金のことを言っているんじゃないわ。あなたにはお金なんて必要ないもの」

「では、僕にはなにが必要なんだい？」ラファエルの目はこの話題をやめろ、と警告していた。

「愛よ」グレースはなんとか口にした。「愛を必要としているのよ。あなたの評判や見せかけの姿なんて信じないわ。あなたは親切だし、祖国のこととなると情熱家でもあるもの」

ラファエルはグレースの唇を見つめ、身を乗り出した。「僕が情熱家じゃないとは言わない。どれだけ情熱家か、実演してもいいくらいだ」

グレースはラファエルの傲慢そうな弓形の眉や、意志の強そうな顎に生えたひげを見た。愛するのが楽な男性ではなさそうだ。

体で愛することは簡単だろう。噂を聞いていなかったとしても、彼が熱い血のたぎる男性なのはわかる。だが心の壁は分厚く、隙間からのぞくこともできない。近づくことは誰にもできない。彼に近づきたい気持ちが強くなったことに動揺し、グレースは話題を変えた。「ここへはよく人を招くの？」

「相手と訪問の目的によるね。ここでの売り込み活動は限られているんだ」ラファエルはにやりとして、グレースの唇に視線を落とした。

じろじろと見つめられて全身が熱くなり、グレースはワイングラスを持った。「あなたが建てたの？」無難な会話を続けるのはむずかしかった。ラファエルは話などまるでしたくないようすだ。そんなふうに見つめられていると、テーブルの向こう側に手を差し伸べて彼にキスしてほしい、触ってほしいとねだりたくてたまらなくなる。森の中でのように。

その衝動に、グレースははっとした。誰に対しても抱いたことのない感情だった。相手はまるでふさわしくないのに。彼は女性の心を乱すために作られた男性だ。

「ロッジかい？」ラファエルはグレースの唇からまだ視線をはずさない。「ああ。近づきづらくて、秘密を保てる場所が欲しかったんだ」

「世間がうるさいからでしょう。ご家族は？」

「取材には答えないよ。仲間だろうと、新聞記者だろうと……恋人だろうとね」恋人という語感を確かめるような言い方に、グレースはどきりとした。

「でも、人と交わらずに一生を終えることはできないでしょう？」

「他人とすることなら、たくさんある」ラファエルは視線をグレースの唇から目へと上げた。「相手に興味がわけば」

つまり彼に金をもたらすか、彼のベッドを温める人間なら、ということね。グレースの全身が熱くなり、下腹部に鈍いうずきが広がった。「逃げられるなんて結構だわ。でも都会を離れてここへ来ても、仕事するのはやめないのね」

ラファエルが眉をさっと上げたので、夜遅くまで働く彼を見ていたことがばれてしまった。

「ゆうべはよく眠れなくて」グレースはあわてて打ち明けた。「窓から外を見ていたの。コンピューターで仕事をしていたわね。電話をしながら」眠らずに、取りつかれたように。光る画面だけを相手に、暗い中でなにを考えていたの？　どんな悪魔があなたの眠りを奪っているの？

「仕事があったんだ」

だがそっけない答えを聞いても、グレースは納得しなかった。ラファエルの心が閉じるのがわかる。彼は体を引いてはいないから、物理的にではない。しかし、精神的にはなにかが変わった。沸騰しそうだった二人の関係は、冷たくよそよそしいものにじゃまされていた。暗くつらいものがラファエルにはつきまとっている。眠れないのは仕事のせいではなく、自分の内に悪魔をかかえているせいに違いない。

彼の人生観をゆがめたのは誰？　奥さん？

一瞬同情を覚えて、グレースは笑いたくなった。同情を必要としない男性が一人いるとすれば、ここにいる男性がそうだからだ。けれどどうにかして助け、癒してあげたいという気持ちはつのった。

「夜はあまりいい時間じゃないわよね。問題があれば実際より大きく感じられるし、気をまぎらすこともできないし」

「気をまぎらしてくれる、と言っているのかい？」

今やラファエルに取りつく悪魔は消え、彼の目には別の悪魔が宿っていた。危険でよこしまな誘惑に、グレースは息ができなくなった。

「私、あなたを知らないもの」相手に、というより自分に向かって言う。

ラファエルはグレースの心を読もうとしていた。

「知るべきことはすべて知っているはずだ」

もちろんそれは、ラファエルが知ってもらいたいことを、という意味だ。

　グレースは、それでは足りなかった。もっと、すべてを知りたい。わずか二日間で、なぜこんな気持ちになったの？　なぜ彼が気になる？　そうよ、私は気になっている。「あなたは理解しづらい人だわ、ラファエル」複雑で、危険だ。それでいいの？

「君に理解してもらう必要はない」ラファエルの笑みには、グレースをぼうっとさせてしまうものがあった。知人や友人とは違う、恋人のほほえみ。親密で謎めいた微笑はこう言っているようだった。〝君がなにを考えているか知っているよ〟

　途方もないことを考えていたグレースは、ラファエルがわかっていませんようにと祈った。前日のように、彼女はまた頭の中でラファエルを裸にしていた。ただ今日は単なる空想ではなく、現実味をおびていた。巧みで力強い手の感触を、降伏しろと命じているような唇を知っていたからだ。今はシャツに隠れている鍛え抜かれた硬い筋肉も。

　グレースは椅子の上で身じろぎした。かすかに細めたラファエルの目が、その動きをとらえる。そんなことをした理由にも気づいているに違いない。

　彼は身を乗り出し、グレースの手を取ってもてあそんだ。「痛いくらいだね、僕たちの間にあるものは」

　グレースは深呼吸をして、食べるのをあきらめた。おなかがやたらざわめいていて、食事どころではない。「どういう意味かしら？」

「わからないかい？」ラファエルはグレースのてのひらを上に向けると、親指で撫でた。そのやさしく執拗な動きに、彼女の緊張は高まった。

　思わずラファエルを見て、後悔した。視線をそらせなくなってしまったのだ。その目が要求するまま、グレースは本心をさらけ出してしまったらしい。彼が心から満足したような笑みをゆっくりと浮かべる。

ラファエルをぼうっと見つめながら、グレースは手を振りほどこうとした。「そんな目で見ないで」

「どんな目だい？」その声はたとえようもなくセクシーだった。彼女の手がしっかりととらえられる。

「まるであなたは――」

「まるで僕は君の光るドレスを脱がせて、密林での続きを始めたがっているように見えるかい？」ラファエルは身を乗り出した。「そうさ、僕の情熱(ミーニャ・パイシャオン)。君も同じだろう」

「こんなの、ばかげてるわ」グレースはそう自分に言い聞かせたが、どうすることもできなかった。なぜなら二人の間の空気は、生きているように活気づいていたから。その存在を否定することは、抵抗することと同じくらい無意味だった。グレースは生まれて初めてあらがえない力があることを知った。

「昨日、あなたは私を嘘つきのぺてん師だと思っていたでしょう？」

「昨日、僕は君を美しくてセクシーだと思った。今日もそう思っているよ」その声は恋人の愛撫(あいぶ)のようで、グレースはふいに息苦しくなった。

「私がなにも知らなかったことを信じてくれてうれしいけど、だからといって、決して――」

「衝動的な行動はしたことがない？　本能に従ったことはないのかい？　従えばいいのに」

「世の中はそんなふうになってないわ」

ラファエルはあざけるような笑みを浮かべた。

「君は、世間がどう思うか気にするんだね？」

「ええ、そうよ」

グレースの答えを聞いても驚かず、ラファエルは低く笑った。「たとえ気にしていても、ここではなんの意味もないよ。今夜の君はジャングルの奥深くにいるが、世間の人々はみんなほかの場所にいる」

そのとおりだ。グレースは後ろを向くと、二人きりの夕食のためにセレナーデを奏でているような森に耳をすませた。鮮やかな虹色の鳥たちと、びっしりと生い茂るジャングルの外にはなにも存在しないみたいだ。自然に身をゆだねると、二人の親密さが深まっていく気がした。

「理解できないことで本能に従ったことは一度もないわ。私はあなたを知らない。あなたは自分のことを話さないもの」

「なにかまずいのかい？」

「あなたといると安心できないわ」

ラファエルの目は笑っていたが、そこにははるかに危険なものもまじっていた。「それが君が人生に望むものかい、グレース・サッカー？」

グレースの声はかすれた。「今は違うけれど」この瞬間は安心なんて考えてはいない。考えているのはラファエルのことだけだ。

「安心が望みなら、ここを出ていったほうがいい。はっきりさせてほしいんだ」

はっきりってなにを？　だが質問するまでもなく、答えは出ていた。まわりの空気が生きているように二人の間で脈打ち、互いを引き寄せる。

「決めたわ」独りでに唇が動いたものの、グレースは撤回する気にならなかった。今までこんなに強く確信したことはない。たぶん、現実からはるか離れた遠いジャングルにいるせいだろう。

けれど心の奥底では環境はなんの関係もなく、すべては自分を見つめている男性のせいだとわかっていた。

ラファエルは立ちあがると、グレースを引っぱって立たせた。「僕をとめたいのなら、今しかないよ」

私の意志を尊重してくれるの？

彼は、私が拒んだりしないとわかっているのだろう。ロッジの戸口に尊大な態度で立つラファエルを見た瞬間から、私はどうかしてしまったのだ。

私が意識していたことがわかっていたのかしら？

「あなたが欲しいわ」思わず口に出してしまったが、言ったかどうか自分では定かでなかった。理解できないなにかに動かされていたからだ。原始的なジャングルにいるせいで、本能が目覚めたのだろうか？

ラファエルはグレースの手を引いてガラスの丸天井の下を通り抜け、階段を何階分かのぼり、彼女の寝室に似た部屋に入った。ただこの部屋の窓からは、小さな照明に照らされた滝とプールが見える。すっかり耳慣れたジャングルの音楽の合間に、水音が聞こえた。

「すばらしいわ。昼間はどんなにきれいでしょうね」

「朝になったら、そう言ってくれ」ラファエルがドアを閉めた。「目が覚めたら、二番目に見ることになるだろうから」

「二番目？」

ラファエルはグレースを引き寄せ、頬にかかった髪をやさしくどけた。「最初に見るのは僕だからさ」

グレースははっと息をのんだ。ラファエルを見あげて、キスを待つ。だがラファエルはもの憂げな笑みを浮かべただけで、手をグレースの喉元に置いた。

「まだだ。あせるとろくなことはない」

ラファエルの手は癒すと同時に誘惑しているようで、グレースは絶え間ない滝の音も密林の動物の鳴き声も聞こえなくなった。あたりには二人をのみこむ、熱く渦巻くような空気があるだけだ。時間も思考も停止したような中、彼女はゆっくりと目を閉じた。胸は高鳴り、体は今にもとろけそうだというのに、ラファエルはそれ以上触れようとしない。

「きれいだ」ラファエルはグレースの喉元に向かってささやき、きらきら光るドレスの肩をずらせて肩をあらわにした。なめらかな肌にゆっくりと指を走らせながら、くまなく感触を楽しむ。体が愛撫に応(こた)えるように熱くなったグレースは、黙ったまま唇を開いてキスを求めたが、ラファエルはまだ唇を重ねようとはしなかった。

そうする代わりに、ラファエルはグレースの肩に歯を立てた。舌をすばやく走らせたかと思うと、ドレスを徐々に下ろしながらあらわになっていく肌をさぐっていく。がっしりした手が迷うことなくグレースの体をすべりおりていき、ウエストのすぐ上でとまる。それから両方の胸の先端に触れられ、グレースはやわらかくうめいた。胸の先端が硬くなったのがわかったラファエルが満足そうな低い笑い声をたてて、森でしたように指をぴったりと張りついた布地の内側へと進める。ただし今回、二人をとめるものはなにもなかった。

あたりの空気はこれ以上ないほど熱を持って脈打ち、体があまりに熱くて、グレースは思わずうめいた。

「君はとても熱い」ラファエルはうなるように言った。欲望で声が太くなっている。「それにとても美しい」

ラファエルの手がドレスのファスナーにかかったが、グレースは気づかなかった。絹のドレスが体をすべって床に落ちたのを見て、自分が今やレースの下着しかつけていないことをぼうっと自覚した。

「ラファエル……」恐ろしいほどの興奮の中で、グレースは彼の頬に手をやった。ラファエルが彼女を見つめ、手にキスをする。

それから、グレースの唇を奪った。

ラファエルのキスは熱く情熱的だった。唇を口に重ねたまま、彼がグレースを抱きかかえてベッドの中央に下ろす。そして仰向けになったグレースの上にすばやく自信たっぷりにおおいかぶさった。

ラファエルの重みを感じて、グレースの興奮は増した。彼のたくましさを強く意識する。ラファエルは顔を上げて体をずらし、グレースの震える下腹部に手を置いた。その仕草はまぎれもなく、自分のものだと言っているようだった。

過ちなどではないことを保証するように、ラファエルがゆっくりとほほえんだ。「僕のものだ」そっとつぶやき、手をわざと少しずつ下ろした。「すべて」

グレースはあらがうことができなかった。ラファエルの熱く巧みな手が、温かな肌の上をすべりおりていく。執拗な旅を続けた指は、やがてまだなんとか彼女を守っている薄い絹の下着でとどまった。そこでしばらくからかうように苦痛を長引かせる。触れてほしい場所には決して触れてくれないのだとグレースが思いかけたとたん、ラファエルの手が動き、秘めやかな場所を守る絹の布切れが取り去られた。最後の砦が。

グレースはくるおしいほどの期待に体を震わせ、あえいだ。ラファエルが彼女の顔を見つめてから、おもむろに視線を全身へ向ける。その目があらわになったばかりの場所にとまった。

「ラファエル……」グレースは彼の名前を苦しそうに呼んだ。ラファエルが体を移動させてグレースの胸に口づけをし、感じやすい部分を舌と歯で軽くかすめる。衝撃が体の中を走り抜け、グレースは彼に触れたくて指を相手の髪にくぐらせた。

低いうなり声をあげ、ラファエルはもう一方の胸を舌でもてあそんだ。やがてグレースは下腹部が燃えるように熱くなり、満たされたくて無意識のうちに腰を動かした。

「君は信じられないほどセクシーで、感じやすいな」ラファエルは深みのある声で言うと、もう一度キスをした。キスがもたらした喜びにくらくらしながら、グレースは彼の背中を撫でおろし、なめらかな肌と男らしく引きしまった筋肉に触れた。

もうだめ。これ以上は待てない。

だがラファエルはふたたび体をほんの少しずらし、グレースの体の中心に手を伸ばした。巧みでやさしい愛撫に、興奮の波が彼女を貫く。自分を思うがままに操るラファエル以外のすべてを忘れ、グレースは恍惚(こうこつ)感でぼうっとした。興奮は限界に達し、ラファエルにただ解き放ってもらいたかった。腰をくねらせ、無言で誘うように背中をそらせ、懇願するように彼の名前を呼ぶ。

ラファエルは承知するように低くうなり、指をさらに深くすべりこませた。「君はすばらしい」

しかし、グレースは聞いていなかった。彼の手の動きしかわからない。

やがてもの憂いほどやさしい誘惑は終わり、ラファエルはもう一度体の位置を直した。グレースをベッドに押さえつけたかと思うと、片手でさっと彼女の脚を開く。彼がその間に体を置いた気配があったあと、グレースは腰を持ちあげられ、いっきに体の奥深くまで熱いものでいっぱいになった。

ふいに訪れた痛みの衝撃にグレースはあえぎ声をあげたが、ラファエルは彼女の口をキスでふさいで黙らせた。さらに奥深くへと体を進めるたびにグレースがもらす悲鳴や息づかいをのみこみながら、強烈な高ぶりを彼女の中に注ぎこみ、めくるめく別世界へといざなう。痛みはあっという間に遠のき、グレースは躍動する体としびれるような喜びにひたった。最初に感じた不快感は、とてつもない炎へと変化していた。男性を受け入れたことで生じた熱によって、なにかすばらしいけれどなじみのないものが体の中に形作られていくのを感じる。ラファエルはリズミカルに体を動かしては、グレースに応えるよう促した。彼女もラファエルに応えた。

ラファエルが脚を自分の腰に巻きつけるようグレースを誘う。彼は荒々しい欲望とともにグレースを満たしつづけた。その激しさにグレースはめまいがし、心臓が狂ったように打つのを感じた。刺激的で、熱烈で、すべてを焼きつくすような動きに必死についていく。喜びは彼女を貪欲(どんよく)な獣のようにむさぼりつくし、気を失いそうになるほど揺さぶった。

ラファエルはグレースをさらなる高みへと導いた。ふいに激しい動きを感じたかと思うと、彼女は崖(がけ)っぷちから恐ろしい渦の中に突き落とされた気がした。渦はグレースの体をのみこみ、永久に抜け出せないように思われた。彼女がラファエルの体を締めつけると、つぶやくようなかすれた声がして、体に温かいものが広がった。拷問のような余韻だけが長く続く。ラファエルに抱きしめられていなければ、グレースはおびえていただろう。

ラファエルにしがみついているうちに、グレースは落ち着きを取り戻した。ラファエルの鼓動を感じながら、なめらかな肌のぬくもりを堪能(たんのう)する。

情熱的なひとときにショックとめまいを覚え、グレースはなんと言っていいかわからなかった。けれど、会話はいらなかった。ラファエルは明らかに話をしたいとは思っていなかった。

彼は両手でグレースの腰をつかみ、自分の上に乗せた。金色の髪が自分の胸に流れ落ちるとほほえみ、手を彼女の顔に伸ばす。「すばらしかったよ、ミーニャ・パイシャオン」

二人はジャングルの熱と音とリズムに包まれていたが、グレースが意識していたのはラファエルの高ぶりと、手の感触と、自分の燃えるような興奮だけだった。

二人が過ごした時間はとても強烈で完璧なものだった。まるでこのジャングルの外にはなにも存在しないかのように思えた。

7

グレースは密林から聞こえてくる音で目を覚ました。笑みを浮かべていた。

これ以上目を覚ますのにいい場所があるかしら？

隣には手足を無造作に広げたラファエルが眠っていた。逃すまいというように、彼は片方の脚でグレースをベッドに押さえつけている。けれどグレースにとって、ほかにいたい場所などなかった。ほかに一緒にいたい男性もいない。

私たちって傷ついた者同士なのね。無意識にラファエルの肩を撫でながら、グレースは思った。彼の褐色の肌は太陽とブラジル人の血のせいだろう。しっかりと盛りあがった筋肉はとても男らしい。ラファエルはすばらしい体の持ち主だ。幸運にも彼を見た人なら、そのことがわかるだろう。大変な努力をして出世した、力のある男性だとも。

ラファエルが目を覚ましていることに、グレースは気づいていなかった。視線を彼の肩から顔へと移して、見つめられているのに気づく。濃く黒いまつげでその目に浮かぶ表情はわからなかったものの、グレースはふいに恥ずかしくなった。

「もう遅いわ。起きなくちゃ。パイロットがもうすぐここに来るのに、支度をしていないんだもの」

「パイロットはリオだ。君の荷物は全部ここにある。ゆうべ、マリアが運んできた」ラファエルは満足げな笑みを浮かべた。「今はここが君の寝室だ」

なんの話？　すでに夜は明けているのに。明るい日の光の下にいるせいか、グレースは昨夜の謎めいた暗がりの中以上にラファエルを意識していた。

グレースのとまどいを感じ取ったように、ラファァエルが彼女を仰向けにし、おなかからヒップへと我が物顔に手をすべらせた。「ヘリコプターはキャンセルした。起きる必要はないよ」

グレースは胸騒ぎを感じた。「キャンセルした？」

「そうだ」ラファエルは横柄な態度で答えた。「君をあっさり帰すとでも思ったのかい？」

心臓が狂ったように打った。「私にいてほしいと思うなんて、考えてもみなかったわ」

「なぜ疑う？」ラファエルは体を起こし、唇を重ねてグレースの唇を開かせた。有無を言わさぬキスは情熱的でセクシーで、前の夜分かち合ったものをあからさまに思い出させた。グレースもキスを返した。ラファエルに触れられたとたん頭がくらくらし、体がたちまち熱くなる。

二人はあっという間に燃えあがり、ラファエルはなにかポルトガル語でつぶやいてから、ゆっくりとグレースの脚を開いた。

「飛行機で帰る？　それはないと思うよ。僕は君が欲しい。ほら、君のせいで僕がどうなっているかわかるだろう？」

グレースはラファエルの体がこわばり、準備が整っているのを感じた。情熱の証(あかし)が触れ、興奮で小さくうめく。グレースが腰を持ちあげると、彼は奥深くまで体を沈めた。そして自信たっぷりに動いて、彼女の体を思いどおりに操りはじめた。

「ラファエル……」グレースはうめくように呼んだ。彼が大きく動くたびに、くるおしいほどの興奮の波が体を震わせる。考えることも息をすることもできずに、彼女は脚をラファエルに巻きつけ、汗に濡(ぬ)れたたくましい肩にしがみついた。

ラファエルは低く笑って、グレースの首を噛(か)んだ。「僕を置いていくつもりかい、僕の情熱(ミーニャ・パイシャオン)？　ヘリコプターを呼ぼうか？」ラファエルは欲望のあまりかすれた声で言うと、手をグレースの腰の下にすべらせてふたたび腰を揺らしはじめた。力強く激しかった動きはゆっくりと官能的なものへと変わり、グレースは高まる喜びにのみこまれた。

「いいえ」今は考えられなかった。一つになった彼の荒々しく強い要求に応えること以外は。

ラファエルに完全に支配されてグレースはしゃべることもできず、自分の名前さえわからなくなった。

ラファエルがもう一度リズムを変えた。目もくらむような高みへと引きあげられたかと思うと、恐ろしい勢いで落ちていく感覚を味わい、グレースは夢中でラファエルの肌に爪を立てた。離れるのが怖かった。

そのうち、グレースは快楽のことしか考えられなくなった。クライマックス寸前でとどまっていた体が、ラファエルに駆りたてられることによって光とともに爆発し、粉々になる。彼女はラファエルにしがみつきながら、彼が激しく痙攣し、自らを解き放つのを感じた。そのまま永遠にも思えるほど長い間、二人は体を重ねていた。

ついに嵐はおさまり、グレースはラファエルの重みと汗ばんだ温かい素肌を感じていた。狂ったような鼓動がゆるやかになったので目を開けると、つねに危険を思わせる謎めいた黒い瞳が自分を見つめていた。

「君は僕のものだ」ラファエルは太い声で言った。額をグレースの肩につけ、彼女をかかえてくるりと仰向けになる。「ジャングルからも僕のベッドからも出ていかせないよ。裸のまま、ここに引きとめる」

グレースは幸せのあまり、めまいを覚えた。まだラファエルの巧みな誘惑の余韻にひたりながら、弱々しくほほえむ。「原始人みたいなことを言うのね。でも、服がないわ。スーツはあなたが気に入らない。ワンピースはめちゃくちゃ。迷彩柄のズボンはジャングルの中を歩いたせいでどろどろだし」

「昨日の君はすごかったと言ったっけ？　文句も言わずに歩ききった女性など、ほかに知らないよ。川に落ちたときでさえ、君は僕の助けを拒否したね」

「あなたがかんかんに怒っていたからよ」

「もう過去のことさ」

「いいえ、忘れることはできないわ」太陽が新たな一日の到来を告げた今、現実に戻らなければ。「もう朝よ。片づけなくてはならないことがあるわ。重大なことが。私には責任があるもの」

「僕も二、三本電話をしてみるよ」ラファエルは相変わらず自信たっぷりだ。「コーヒーを君に売った業者は、今日以降商売ができなくなるだろう。彼が押しつけなければ、君は決してこんなごまかしにのらなかっただろうから」

　グレースはラファエルの言葉を噛みしめた。「でも、よくないわ。業者が法外な値を要求して利益を懐に入れたというあなたを信じないわけではないけれど、彼が利益を分かち合っていた相手は私ではないもの」

　ラファエルの目に怒りに近いものがよぎった。彼は肩をちょっとすくめると、独占するようにグレースの体を撫でた。「この話はやめよう。もう関係ない。過去のことだ。君が言ったように、誰だって過ちを犯すものさ」理解に満ちた笑みを浮かべる。

　グレースは冷水を浴びせられた気分だった。彼はまだ私に罪があると思っている。嘘つきの詐欺師だと思いながら、私と一夜をともにしたのだ。

「信じられない、あなたはまだ私が不正を働いたと思っているのね？」グレースは体を起こし、ラファエルの手を払いのけた。

　彼の視線が険しくなった。「グレース――」

「私が会社からお金を横領したと信じているんでしょう？」

ラファエルはため息をもらした。望んでいた話題ではないらしい。「君は自分の罪を認めたじゃないか」

「責任を感じる、と私は言ったのよ。だけど、お金を取ったからじゃないわ。私の会社だから、起きたことすべてに対して責任があるの」

ラファエルは手を振ってグレースを黙らせようとした。「どうでもいいよ」

「よくないわ。私は帰って調べるつもりだもの」グレースは勢いよくベッドから出ようとしたが、ラファエルは彼女の手をとらえ、ベッドに押し戻した。彼の重みとだくましい体に押さえつけられては、グレースになすすべはなかった。

「行かせない。君がなにをしようとしまいと、僕はかまわない。わからないか?」ラファエルはいらだっている。「なにがあろうと、二人が分かち合うものに影響はないんだ」

「なぜそんなことが言えるの?」グレースはラファエルを見あげた。たちまち熱くなる体に、ぎょっとする。「まっとうで正直な女性とも、嘘つきで詐欺師の女性とも愛し合えるっていうの? あなたには道徳心がないの?」

ラファエルは日焼けした肩を片方すくめた。「セックスだ、ミーニャ・パイシャオン。ベッドで君がすることにだけ、僕は関心がある。ほかで君がなにをしようと、知ったことじゃない。ただしカルロス夫婦をだまさなければ、だ」

グレースは愕然として、一瞬目を閉じた。つかの間の幸せは、ラファエルの皮肉な態度でだいなしになった。「私を信じてくれたのかと思ったわ」

「僕がなぜ君を信じる必要がある?」ラファエルは心底驚いているようすだ。「僕は君と熱い時間を過ごしただけで、財産管理を任せたわけではない」

グレースはうめき、信じられないというように首を振った。この美しい森で、私はどんなくるおしい魔術に心をまどわされたのだろう？　どの時点で我を忘れてしまったのかしら？　この男性を理解したと思ったなんて、とんでもなく傲慢だった。

「誰のせいなの？」涙をこらえながら、グレースはラファエルの表情をうかがった。だが、相手の顔は変わらない。「誰のせいで人間不信になったの？女性不信に」

ラファエルはふいにたくましい肩をこわばらせた。

「なぜ女性はいつも恋敵のことを話したがるんだ？今、僕の隣に裸で横たわるのは君だけだ。君にとっては、それでじゅうぶんなはずだろう？」

「あなたってかわいそうな人だわ。期待するってことがないのね」

「女性に対して、僕はとても現実的なんだ。期待も欲求も、必要以上にはしない」

「私はするわ」グレースはラファエルの黒い胸毛を指にからませて迫った。「私はするわよ、ラファエル。私にはあなたよりはるかにたくさんのものが必要だもの」

「そうでない女性がいるかい？　それに、君は手に入れることになる」ラファエルの声は低く、誘惑的だった。「欲しいものはすべてね。僕は信じられないほど気前のいい恋人だから」

ラファエルの言葉は愛撫のように響いたが、グレースは自分の体の反応を無視した。「気前がいいですって？　私がお金の話をしていると思ったの？」

「金だけじゃないさ」ラファエルはグレースの肩にじっくりとキスをし、気前がいいという言葉が示すほかの意味を教えた。

グレースはひどく動揺し、体をくねらせてラファエルから逃れた。「あなたのお金なんて欲しくないわ！　私は無実を信じてもらいたいの。私が関与していないことを証明する方法があるはずよ。もう一度、数字（フィギュア）を見てもらいたいの」

ラファエルはうんざりして歯を食いしばった。

「僕が興味がある姿態（フィギュア）は、裸で僕の下にいる君さ」

その言葉どおり、手をグレースのウエストから腿へと撫でおろしていく。「ほかのことはどうでもいい」

「私にとっては、どうでもよくはないわ」

「仕事なんか忘れるんだ。もはやそんなものを持つ必要はない」

「とんでもない、必要よ」仕事は私の人生であり、未来だ。どんなに大事なものか、ラファエルはまるでわかっていない。「どうしてそんなことを言うの？　なぜ簡単に捨てられると思うのよ？」

ラファエルはおもむろに笑みを浮かべた。じらすように唇をグレースの唇に近づける。「なぜって今や君には、はるかに儲（もう）かる財源があるからさ」

グレースは口をぽかんと開けた。「あなたのお金をもらうってこと？　私をそんな人間だと思っているの？」それほど私のことを知らないの？　グレースは目を閉じた。

理性を捨てて、盲目的な激しい情熱に身を任せたせいよ。ジャングルの猛烈な暑さと抵抗しがたい欲望によって、常識が吹き飛んでしまったからだ。

けれどグレースは、欲望以上のものがあると思っていた。はるかに大切なものがあると。

なんとなくわかっていた。信じがたいことに、グレースはラファエルを愛していた。この遠いジャングルの楽園に住む、荒々しくて心に傷を持つ、自分にはふさわしくない男性を。彼女が恋したのは、世間に見せている冷たく無慈悲な男性ではなかった。どんなにハンサムでも、そんな男性には魅力を感じない。グレースは彼が奥深くに隠しているものに興味があった。ラファエルが築いた心の壁の中にいる男性に惹（ひ）かれていたのだ。

ラファエルがある程度しか自分を見せようとしな

いなら、それでもいい。現在の彼を受け入れ、愛すればいい。心の奥に秘めているものがたくさんある私だから、彼の苦悩がわかるのだろうか。

絆を感じているのだろうか。

私はなぜか、私の愛情を求めない男性をいつの間にか深く愛していた。彼は誰の愛も必要としていないのに。

ラファエルはなにげなく肩をすくめた。「愛情に対して僕は素直じゃないかもしれないが、女性の要求がわからないわけではない。ベッドの君はすばらしかったよ。ゆうべは圧倒された。この先しばらくは、僕以外のものに目を向けないでもらいたいね」

グレースは首を左右に振った。「無理だわ」夜は明け、密林の魔法は解けかかっていた。「問題を解決しなくてはならないわ。カルロスとフィロメナに約束したもの」

なぜこんなにばかだったの？　世間知らずだったの？　他人に対する同情などこれっぽっちも持ち合わせていないと評判のこの男性を、変えられると思うなんて。私は彼を変えられると思った。ほかの女性が持てなかったつながりを持てたとうぬぼれた。つまり自分の愚かなふるまいのせいで、今ひどくつらい思いをしているということだ。

ラファエルの目が冷たくいらだたしげに光った。

「僕が言いたいのは、今後君は金に不自由しなくなるってことだよ」

「つまりあなたと寝たら、お金をくれるのね？」

危険を察して、ラファエルは目を細くした。やがてグレースから離れる。「いや、そんなことは言っていない」

「違うの？」甘いひとときから非難の応酬という急激な変化にめまいがする。グレースは体を起こして座り、胸がむかむかするのを無視しようとした。

「でも、あなたは手当みたいにお金をくれるって言ったわ。それとも、贈り物としてだったのかしら？　ブティックの営業時間内には使いきれないほどのお金をくれるの？」

　グレースの皮肉はなんの効果もないようだ。ラファエルはベッドに手足を伸ばして寝ころび、目を薄く開けてグレースを見つめ、口元には嘲笑を浮かべている。

　温かくけだるい誘惑の雰囲気は消えてしまった。ラファエルは冷ややかで、遠い人に感じられた。

「そうとも。恐ろしく欲の深い幻想を、好きなだけ抱けばいい」

　自分に対するいらだちとともに、グレースは怒りを爆発させた。「私が今抱いている幻想は、あなたを裸のまま、飢えたピラニアのプールに落とすことよ！」ベッドから飛び出すと、ワンピースを手に取った。泥で汚れているのもかまわずに、あわてて身につける。ラファエルと同じ部屋に裸でいてはいけないと、ふいに思ったのだ。「私、あなたに期待していたわ。世間に見せている顔の下には、人間らしさが隠れているんだって。でも、今わかったわ。あなたは見かけどおりの、冷たくて空っぽな人間よ」

　ラファエルは目を細くした。「癇癪を起こした子供みたいだな。もう一度言うが、君が横領していたとしても、僕はかまわない。過去のことだし、僕は過去にはこだわらないからね」

「いいえ、こだわっているわ。あなたが皮肉屋でうたぐり深いのはそのせいよ。私は横領なんてしていないわ。ラファエル、あなたって気の毒な人ね。女の人があなたになにをしたのかはわからないけれど、ひどい目にあったに違いないわ」

　ラファエルの目がにわかに怒りで光るのを見て、グレースはその場に凍りついた。にらみ合う二人の間の緊張感はまるで生きているようで、今にも沸騰しそうだった。ラファエルの目が見慣れた輝きを放つと、グレースは自分が赤面するのがわかった。熱と痛みがまじり合い、努力しなければ彼に近づいてしまいそうだ。

「どうして？」声はやわらかかったが、手は震えていた。ラファエルは楽しんでいるような目をしている。「お金を盗んだと思っているのに、なぜ私を求めるような目をするの？　あなたには誠実さってものがないの？　本当に疑っているのなら、私をベッドに連れていかずに追い出せばよかったのよ」

ラファエルの視線が鋭くなった。「修道僧みたいな暮らしは望んでいないから、僕の誠実の基準は現実的なのさ。初めて会ったときに言ったように、君は女性だから、一つや二つ嘘をつくものだ。だが僕はかまわない。期待しているくらいだよ」

「女性にだまされたいと思ってるの？」

「女性は欲張りだ」ラファエルは肩をすくめた。「それにごまかすのがうまい。今の君のように、物事が思いどおりにいかないとひどくいらだつ」

涙で喉がつまり、言葉がうまく出てこない。「ええ、私がいらだってるのは確かよ。ゆうべは特別な夜だったもの。でも、今気づいたわ。私は体の線もあらわな服を着た、便利な女にすぎなかったのね」

ラファエルは枕（まくら）にゆったりともたれ、ナイトクラブのショーでも見るようにグレースを見つめた。

「怒っている君はすばらしいよ、ミーニャ・パイシャオン」

「じゃあ、私の美しさにひれ伏せばいいのよ」グレースは靴に足を突っこんだ。「私の怒りはこんなものじゃないわ。それになんのこと？　あなたはさっきから私をなんて呼んでいるの？」

「ミーニャ・パイシャオンのことかい？」ラファエルは肩をすくめた。どこから見ても、横柄なブラジルの億万長者といった風情だ。「僕の情熱さ」

すばらしいわ、とグレースは思った。情熱。〝愛する人〟でも〝ダーリン〟でも〝スイートハート〟でもないなんて。

ラファエルはうんざりしたらしく、あくびを噛み殺した。「注意しておくべきだったかもしれないが、泣いたりわめいたりの騒ぎは嫌いなんだ」

グレースはハンガーからスーツをはずし、バッグにつめた。「でしょうね。事実あなたは、感情がかけらでもかかわるのがいやそうだもの。落ち着かなくなるから」迷彩柄のズボンをつかみ、しわくちゃになるのもかまわずにスーツの上からバッグにつめる。「肉食獣がたくさんいるジャングルを通っても汗をかいたりどきどきしたりしないのに、感情の話になるとすぐ警戒するのよね。飛びかかられて、噛みつかれないかと」グレースはバッグのファスナーを壊れそうなほど乱暴に閉めた。バッグを肩にかついで、ラファエルをにらむ。ひどく興奮していたので、今にも爆発しそうだった。「あなたは蛇よ。ジャングルにいるどんな生き物よりもいやらしい蛇なのよ。わかってる？　あなたはすごい恋人かもしれないけれど、情緒的にはつまらない人よ。どんな感情も受け入れられないんだもの。私たちの情熱はもう終わったから、ヘリコプターを呼ぶといいわ」

グレースはラファエルを一瞥もせずに部屋を出た。ヘリコプターが着くまでどこで待とうか？　ヘリコプターは来るはずだ。二人のもろい関係がぼろぼろになった以上、まもなく頭上にエンジン音が響くことだろう。

ラファエルは私に、自分の隠れ家から出ていってもらいたがった。そうすれば、心の傷をこっそりなめられるからだ。しかしグレースは自分の心の傷があまりに深すぎて、ラファエルの傷のことまで考えていられなかった。

一つわかっていたのは、ヘリコプターを待つ間、ラファエルのそばにはいたくないということだった。

室の窓から木々をじっと見た。心の中にある、このなじみのない感情はなんだろう？

反省や自己分析は苦手だったので、すぐにあきらめた。

グレースは正しい。僕は情緒に欠ける人間だ。なにも感じることができない。だが、なぜそのことを悪いと考える？　僕はそれでいいのに。望むところだ。心の平安を手に入れるために、懸命に心を捨てようとしてきたのだから。

昨夜はすばらしかった。信じられないひとときに、僕は我を忘れた。グレースは恥ずかしがったかと思うと、次の瞬間にはすばらしく奔放になった。

ラファエルはかすかに顔をしかめた。グレースがバージンかどうか、彼は一瞬迷ったのだった。しかし彼女の反応がとても情熱的だったので、そんな考えはすぐに捨てた。バージンだったらあんな反応はしないだろうと思い、次はもう少し時間をかけようと心に誓ったのだった。

ラファエルの期待どおり、二人はお互いを焼きつくすほど熱い時間を過ごした。グレースに飽きるまで、彼はずっとこの関係を続けたいと思っていた。

建物全体が揺れるほどグレースが力いっぱい閉めたドアを見つめ、ラファエルはけだるいあきらめの念とともに、なぜそれほど単純にいくと思ったのか考えてみた。女性が相手で、人生が一度でも単純だったためしがあるだろうか？

いろいろな点でグレースは驚くべき女性だが、根は一緒だ。なんの努力もせずに裕福になりたい彼女は、男とベッドに行く女性が必ず使う手を使った。なぜ素直になれない？　どうして欲望を欲望としてとらえず、ハッピーエンドを期待するんだ？

ラファエルはいらいらしてベッドを飛び出し、考えをまとめようと寝室を歩きまわった。グレースは僕の情緒の貧しさを非難したが、彼女も自分の気持ちを偽っていた。二人が分かち合ったのは、欲望以上のものではない。なぜそのことを認めようとせずに、事をややこしくするのだろう？

二人の関係に僕の感情は関係ない。グレースが興味を持っているのは僕の体と財布だけだ。僕はどちらも提供するつもりでいた。それなのになぜグレースは自分の無実を僕に納得させようと、無駄な弁解を続けるのだろう？　なぜ無実にあれほどこだわる？　自分のしたことを、それほど強く後悔しているのだろうか。

いずれにしろ、僕の中では終わったことだ。

業者の横暴と詐欺行為を即刻終わりにさせることにしよう。目的を果たすべく、ラファエルは電話を数本かけるために執務室に向かった。

8

ラファエルとの口論にうろたえたまま、グレースは急ぎ足で密林へ入った。前日の夕方にとても穏やかな時間を過ごすことができた、滝とプールへの小道をたどる。なぜうろたえるの？　ラファエルがなにか約束した？　いいえ、していない。それなのにどうしてこんなに落ちこんでいるのかしら？

彼の中になにかを見たと思いこんだからよ。

人生でこんなに混乱したことはなかった。新たな経験をした体はいまだざわめき、心のどこかではすぐにでもロッジに戻ってラファエルのベッドにもぐりこみ、人生のややこしさを忘れたがっていた。ラファエルは二人の関係を、単純で率直な言葉で表した。なぜ私にはできないの？

答えは、二人の基本的な違いにある。

私も人生でさまざまなことがあったけれど、希望を失ったことは一度もない。でもラファエルは……。ラファエルについての真実をついに認めて、グレースは悲しくなった。彼は女性と人生に幻滅している。過去にすべての希望を失っているのだ。

グレースはぼんやりと歩きつづけた。二十分ほど歩いたとき、森のどこにもプールらしいものがないことに気づいた。滝の音も聞こえない。どこかで道を間違えたのだ。

一抹の不安をこらえながら立ちどまり、あたりを見まわしたが、まるで知らない風景だった。昨日この道を歩いただろうか？　気づかずに、プールのそばを通り過ぎてしまったのだろうか？

来た道をたどるのが最善だと思って、グレースは重い足取りで小道を戻ったが、ふいに叫び声や吠(ほ)え声や物音が響き渡った。足元の葉や枝が音をたてているように思える。頭上には大きな蜘蛛(くも)が巣を張っていた。

昨日ラファエルが先導してくれたときは、不思議と安心だった。ジャングルにたった一人でいる今、グレースは不安を必死でこらえていた。

パニックを起こしてもどうにもならない。しかし道が二つに分かれたところまで来て、彼女は立ちどまった。左か右か？　来るときには分かれ道に気づかなかった。パニックが大きくなる。

グレースは蜘蛛の巣を払いつつ考えた。せいぜい歩きだしてから三十分だ。遅かれ早かれ、誰かが見つけに来てくれる。くれないだろうか？　コンピューターの前で仕事に没頭しているラファエルは、私が行方知れずなことに気づかないだろうか？

わからない。

つのるいらだちに、ラファエルはデスクの受話器を落とすように戻し、唇を結んで窓の外をにらんだ。

彼は一時間、電話をかけていた。人生でもっとも腹立たしい、当惑する時間だった。答えを得るどころか、疑問が増えた。最初に想像したより、数字のごまかしはひどかったのだ。だが、一つはっきりしたことがある。会社から持ち出された金を、グレースが受け取ったことは一度もない。

つまり、グレースはずっと真実を言っていたのだ。ラファエルは悪態をついた。彼女はなにも盗んでいないし、詐欺を働いてもいない。嘘(うそ)をついていたのではなく、驚くほど世間知らずだっただけだ。

グレースが会社の経理の矛盾に気づかなかった理由が理解できない。たしかに彼女は若いが、企業を経営しているのに。なぜ疑ってみなかったのだろう？　帳簿を見なかったのだろうか？

ラファエルはいらだちながら電話のボタンを押した。今にも怒り出しそうな彼のもとへ、マリアが現れた。「ミス・サッカーに来るよう言ってくれ」そう言うと、テーブルを規則正しくたたく。僕の知りたい答えを、グレースは持っているはずだ。

「ミス・サッカーはジャングルに行きました」

〝赤ずきんちゃんは狼(おおかみ)から逃げ出しました〟

ラファエルは手をとめ、眉をひそめた。「また泳ぎに行ったのか？」

マリアは首を振った。「水着は持っていかなかったようです。少し動揺していました」

間髪入れない家政婦の言葉が気になり、彼はぱっと立ちあがって低く毒づいた。「どのくらい前だ？」

「三十分くらい前でしょうか」

深刻な問題に巻きこまれるにはじゅうぶんだ。いったいどういうつもりだろう？

答えはわかっていた。グレースは繰り返し自分の無実を訴えたのに、僕は信じなかった。彼女がうろ今度グレースと話すときには、きちんと耳を傾けよう。彼女は明らかに企業というジャングルで生き残る能力を備えていないから、扱いには注意しなくては。

なじみのない罪悪感がラファエルの全身の神経を繰り返しさいなんだ。動くことで緊張をやわらげられるかもしれないと思って、彼は歩調を速めた。

僕は彼女に注意したはずだ。そして最初から隠さず、ありのままの自分を見せてきた。だから僕が誠実でない、とは言えないはずだ。グレースは自分の意志でここへ来た。実際にはないものが僕の心の奥底にあると彼女が信じたとしても、僕のせいではない。僕の心の内にあるのはむなしさだけなのに、彼女は深い感情を秘めていると誤解した。

ラファエルは思考の闇に迷いこんでいたので、もう少しで倒木の切り株に腰かけている青い顔をしたグレースを見落とすところだった。

たえて出ていったのは、僕のせいだ。

グレースを信じなかったから。

過去にただ一人の女性も信じられなかった僕が、どうしてグレースを信じられただろう？

ラファエルはロッジを出て、密林の奥へと続く古い道を進んだ。ジャングルの怖さを知らない女性になにか起きたと思うと、彼の肩はこわばった。先ほどのグレースは取り乱し、気もそぞろだった。

グレースの名を呼んだが返事はなく、ラファエルは不安になった。巨大な蜘蛛や蛇もいるのに――。

ラファエルは自嘲ぎみに笑った。グレースは僕にまたでくわす危険よりも、野生動物に立ち向かうほうを選んだ。僕はいったいなんなんだ？

僕は、きちんとした正直な女性が避けたがる男だ。グレースはそういう女性だった。彼女は世間知らずで、数字に弱く、事業を興すには若すぎ、間抜けかもしれないが、嘘はついていなかった。

彼は低くうなった。「ジャングルに入りこむなんて、なにを考えているんだ？」怒りがこみあげる。どうやら無事らしいグレースを見つけた安堵感で、注意して扱おうと決めていたのも忘れていた。

「ラファエル……」見るからに驚いてグレースは立ちあがりかけたが、ラファエルは彼女の頭上で動くものに気づいてその場に凍りついた。手がベルトにつけた棒に伸びる。

「動くな！」

グレースは華奢な肩をこわばらせたものの、素直に従った。ラファエルは足を踏み出して、棒でグレースの肩から黒と黄色の縞蛇を慎重にどけた。

おもむろに首をめぐらせた彼女が、すぐそばの木をゆっくりとのぼっていく鮮やかな色の大蛇を見て、目を大きく見開く。「毒蛇だったの？」

「いや、だが三メートルもある蛇が、膝でとぐろを巻くのはありがたくないかと思ってね」彼女の蒼白な顔を見て、ラファエルの怒りは爆発した。「毒蛇だったかもしれないんだぞ。なにをしたのかわかっているのか？　ここは密林で、ボンドストリートじゃない。のんきに散歩をする場所じゃないんだ！」

「わかっているわ」

「では、なぜこの道を歩いた？」たった今、グレースの首のすぐそばにいた蛇を取り除いたのだ。なぜ彼女は僕にすがるか、ヒステリックな悲鳴をあげなかったのだろう？　こんな無鉄砲な女性には今まで会ったことがない。「君がわからないよ。普通の女性のような行動はとらないんだから」

「女性に対するあなたの考え方からして、それはほめ言葉なんでしょうね」グレースは周囲を見まわし、唇を湿らせるとラファエルに近寄った。蛇がいることがわかって、ふいに落ち着かなくなったらしい。

「曲がる方向を間違ったの」

「曲がる方向を間違っただって？」ラファエルはグ

レースの腕をぎゅっとつかむと、軽く揺さぶった。

不信感に腹立ちがまじる。「どうして方向を間違えられるんだ？　複雑な道じゃないだろう」

グレースの頬が赤くなった。「私……ぼうっとしていて、左と右がわからなくなったの」

「なんだって？」ラファエルはいらだちを隠そうともせずに首を振った。「ここでは、そういう間違いが生死を分けることになる。そんなこともわからないのかい？　君はばかか」自分の腕の中で、グレースの体が緊張するのを感じた。彼女がラファエルから離れて、彼を見あげる。

その目にはなにか光っていた。涙？　怒りか？　ラファエルにはわからなかった。

「二度と私をばかと言わないで」グレースの声はかすれている。その響きからは傷つき苦しんでいることがありありとうかがえた。「私は道を間違えた。ジャングルで迷うことは恐ろしい結果を招くのね。でも、ばかじゃないわ」

大蛇よりばかという一言になぜグレースが過剰に反応するのかわからず、ラファエルは両手を広げた。

「それなら、なぜ迷った？」

グレースは答えるのをちょっとためらった。「私、いつも左右を間違えるの」

「なぜだ？」理解できなくてラファエルがさらにきくと、グレースはごくりと唾をのみこんだ。

「私、失読症だから」

ラファエルはグレースをじっと見つめた。「失読症だって？」

「ええ」

失読症？　記憶を呼び覚ますのに少しかかった。

「本を読むのに問題があるってことかい？」

「実際は違うわ。読むのはそう下手じゃないけれど、ひどい方向音痴なの。いつも左右を間違えるし、数字に弱くて」グレースはラファエルから顔をそむけたが、顔は赤かった。「数字には本当に弱いの。でも、そのことはもう知っているでしょう？」

知っていただろうか？　グレースの不承不承の告白に呆然とし、ラファエルはまだその意味がのみこめずに顔をしかめた。「昨日、森のプールに行ったときには迷わなかったじゃないか」

「マリアに方角を聞いて、両手に左右を書いておいたの。プールで消えてしまわなければ、今日も迷うことはなかったんだけど」

ラファエルはおもむろに息を吐いた。「数字がわからないのに、事業をやっているのかい？」

「たいした問題ではないわ。失読症の人間の多くが事業に成功しているのよ。数字に関することは、すべて父が責任を持ってくれているの。数字に関係ないことなら、私だってなんでもできるわ」

ラファエルはすべてが腑に落ちた気がした。グレースはうぶなわけでも、愚かなわけでもなく、失読症だったのだ。彼は苦い表情になり、手を伸ばしてグレースの細い手首をつかんだ。「おいで」

「どこへ行くの？」

「ロッジだ。そこできたいことがある。今回は隠さずに、真実を聞かせてくれ」

「私の失読症はたいしたことじゃないし、特別扱いされたくないわ。だって――」

「グレース」ラファエルはグレースを引き寄せてにらみつけた。「頼むから、なにが重要かは僕に決めさせてくれ。すべてが知りたいんだ。君の頭の中に僕が知らなくてもいいと思うことがあるなら、そのことがとくに知りたい」

グレースはふたたびラファエルの執務室に立って、長々と鳴り響く電話の音を聞いていた。うるさい虫の音みたいだ。ラファエルは密林に隠れているつもりかもしれないが、人々は彼をほうっておかない。

ただ、ラファエルは誰とも話すつもりがないようすだった。受話器を取ると、連絡するまで電話をつながないように誰かにきびきびと指示する。ラファエルは受話器を戻し、グレースを見た。

「これでいい」椅子の背にもたれると、目を光らせた。「話してくれ」

グレースは胸を張った。「なにを知りたいの？」

「なにもかも、すべてさ」

深く息を吸う。「だいたいはもう話したわ。私にはコーヒー店を開くアイデアがあって――」

「君の事業に関心があるわけじゃない。現時点では、僕のほうが君より君の事業のことを知っていると言ってもいいだろう。君自身について知りたいのさ。ずっと前にさかのぼって」ラファエルの指がいらだたしげにテーブルをたたいた。「子供時代のことを聞かせてくれ。失読症とわかったのはいつだい？」

グレースは言葉が喉につかえるのを感じた。「そんなに関係ないと思うけど……」

「関係ない？」ラファエルの声が危険なほど低くなった。「誰かが君の会社を食い物にしているんだぞ」

グレースは声を震わせた。「わかっているわ」

「君にはばれない、と思っているからに違いない。君は数字を調べないんだね？」

恥ずかしさで頬は燃えるように熱かった。まるで算数の授業のときに戻ったみたいだ。どの子もわかっているのに、私だけがわからない。「ええ」グレースはかすれた声で言った。「数字は調べないわ。コンピューターでも、書類でも」

「数字がわからないなら、どうやって自分の事業の経営状態を知るんだい？」

「言葉でよ。信頼できる人たちと仕事をして、必要なことは口頭で伝えてもらうの……」グレースの声が小さくなった。「相手が知りたいことも。同じことでしょう？」

ラファエルは唇を引き結んだ。「弱みにつけこまれるのでは、と疑ったことはなかったのかい？」

グレースは数回まばたきをして、意味を考えた。

「なぜ？」

ラファエルはうんざりした。「それが人間のすることだからさ。現実の世界では人々は嘘をつき、だまし、互いに相手の弱みにつけこむものだ」

「みんなじゃないわ」喉のつかえを押し出すかのように、グレースは静かな口調で言った。「善良な人だっていっぱいいるわ」

「お人よしになるのはやめるんだ」ラファエルは拳でテーブルをたたくと立ちあがった。「そういう態度だから、人につけこまれるんだ。他人のいい点をさがすのをやめて、たくましくなることだな。でなければ、決して成功しないよ」

「私は成功なんてしていないわ。お金をなくしたのよ」

「いいや。誰かが君から横取りしたのさ」ラファエルは顔をしかめた。「君の直感では、利益が出ているはずなんだね？」

「カフェは繁盛していたし、お金もたくさん入ってきたわ。利益が上がっていると思ったんだけど、出費も多かったのね」

「数字について質問しなかったのか？」

「ええ」

「僕はしたよ」ラファエルは怒った声で言い、髪をかきむしりながら大きなガラス窓に向かった。「今朝いっぱいかけて、数字について質問した。答えを知りたいかい？」

グレースは脚がふいに震えた。直感的にわかった。ラファエルが言おうとしていることは、決して耳に心地よいことではない。「もちろん、知りたいわ」

不正がなされたのなら正したい。

ラファエルはグレースを振り返った。強い光をまともに受けて、その目は黒っぽく、髪はつやつやと光っている。「君のお父さんが業者と金を二分していた。コーヒー農園のカルロスたちには最低限しか払わずに、コーヒーの値段をつりあげたんだ」

父が？　胸のむかつきがひどくなり、グレースはすぐに首を振って否定した。「なにか手違いがあったに決まっているわ」

「君のお父さんだったんだ。それだけじゃない」

まだあるの？　苦悩はどのくらい深いのかしら？　苦い敗北感と闘いながら、グレースはラファエルを見て次の言葉を待った。「どうぞ続けて」

ラファエルの口元がこわばった。「君はカフェの改装に予想より金がかかったと言ったが、その理由もわかった。君のお父さんが通常よりはるかに高い費用で、建築業者と契約したんだ。そして、今度も業者と差額を分配した。聞いているかい？」

ええ、もちろん聞いているわ。

グレースは唇を湿らせた。「続けて」

「相談料についてだが」ラファエルは早口で言うと、ポケットに手を突っこんでデスクへと戻った。「その額のことは知っていたかい？」

グレースはうなずいた。「新しいカフェのデザインを相談したから、一括で支払いをすると父は言っていたわ。よぶんに請求されていたの？」

「総額で二十五万ポンドになる。これらの数字を全部合わせれば、利益が上がっているはずだ。誰かが会社から金を持ち出して、利益をゼロにしない限りは。収入源をなくしたくないから、連中は賢明にも君を破産させたりしなかったわけだ」ラファエルは長いため息をつくと、デスクから書類を取りあげた。赤いインクでまるをつけたり、線を引いたりしてある。「君のお父さんは君をだましてきたんだよ、グレース。君の事業が利益を上げられない理由は、お父さんにある」

気が遠くなりそうになりながら、グレースはうなずいた。「ええ」

「なぜお父さんはそんなことを?」

「あら」グレースは笑みを浮かべようとしたが、できなかった。「私みたいな娘を持ったせいだと思うわ。育てがいのある子とは言えなかったから。なにかで一番になったことはないし、スポーツときたらまるでだめ。父のような人にとっては、失望の種だったに違いないわ」つらかった。今でもつらい。

「だがお父さんは、君と事業を始めた」

「ええ。学生時代、私はいつも夢見ていたの。アイデアがいっぱいあったら、たとえ型どおりの手順をふまなくても、なにか人生に役立つすてきなことができると思ったのよ。父は助けてくれると言ったの」ラファエルから顔をそむけて窓辺に行くと密林を見つめたが、実際にはなにも目に入っていなかった。「たぶん父は私にがっかりするのをやめて、利用する方法を思いついたんでしょうね。私には決して調べたりすることはできないから」

「それで、どうしたいんだ?」

悲鳴をあげる? 泣く? 誰かを殴る? こっそり深い穴の中へもぐって、二度と出てこない?

「わからないわ。私が知っていると、みんなに伝えるとか?」グレースは胸を張った。「私はもともとすごく愚かだったのよ」

「そんなことはない」ラファエルの声は激しかった。「君は愚かじゃない。すばらしい先見性を持ち、骨の折れる仕事をこなす能力を持っている。君が自分に払っている給料は安すぎるよ」

ラファエルの言葉がなにを意味するのかわからずに、グレースは眉をひそめた。「お金には興味がないわ。そのことは話したでしょう」

ラファエルは書類をデスクに落とすように置いた。「君はなにに興味があるんだ? 教えてくれ」

「自己実現よ」グレースは両腕をウエストに巻きつけた。「私はみんなに〝あんたはたいした人間にはならない〟と言われて育ったわ。決して立派な人間にはなれないって」

「誰から？」

「みんなよ。先生たちや父。価値がない人間と言われる気持ちが、あなたにわかる？」

「たいしたことのない人間だと、なぜみんなは君に思わせたんだい？　失読症のせいか？」理解に苦しむという表情で、ラファエルは顔をしかめた。「彼らはなぜ手を貸そうとしなかったんだ？　現在の学校はそうした生徒にうまく対処するはずだが」

「私の学校は違ったわ」グレースは顔をそむけた。「まず先生たちは私を、行儀が悪くて規則に従わない、ばかな生徒だと思ったの」ばか、ばか。グレースは上を向いて涙をこらえた。結局、私はそう言われてしまう。「こんな話、したくないわ」

「かわいそうに」ラファエルは立ちあがってグレースに近寄り、彼女の顔を自分の方に向かせた。「だが今回は、僕がそれ以上聞く必要がなくなるまで洗いざらい話してくれ」

「なぜこれ以上聞く必要があるの？」

グレースの腕をつかんだ手に力をこめて、ラファエルは彼女を少し揺すった。「話すんだ」

いいわ。話したからって、これ以上気がめいるわけでもない。「学校で、私は誰よりものろかったの。クラスの劣等生だった。先生たちは、私にひどくいらだったものよ。父は――」

「君のお父さんは？」

「父もつらかったの」ラファエルのそばを離れて、グレースはまたウエストに両腕をまわした。無意識に安心しようとしているのだ。「自分の仕事を継ぐ息子が欲しかったのに授かったのは女の子で、しかも簡単な足し算もできなかったんだから」

ラファエルはグレースを見つめた。「君が問題をかかえているとは、思わなかったのかい?」

「いいえ、私に問題があるのは知っていたわ。のろまで、ばかだと——」グレースは唇を噛んだ。「一度か二度は助けてくれようとしたけれど、私が理解できなかったのであきらめたの」

「それで、君はどうやって失読症だと診断されたんだい? なにがあった?」ラファエルの声音には怒りがこもっていた。彼が怒っている理由に気づいて、グレースはみじめな気持ちになった。

私が自分について真実を伝えなかったからよ。みんながてきることができないと、正直に話して投資を受けたわけではないからだ。

「学校に新しい先生が来たの。とても進歩的で、失読症の子供たちを教えた経験があったわ。彼女はすぐに私に疑問を持って、テストを受けさせた。結果は衝撃的だったの。かなり重症だったから、先生はこれまでなんの援助も受けられなかったことに驚いたわ」グレースは肩をすくめた。「先生が私の人生を救ってくれたのよ。何時間も自分の時間を割いて助けてくれたわ。私がすぐれている点を数えあげて、劣等生なんかじゃないと言ってくれたの。決してあきらめないことも教えてくれたわ」

ラファエルはうなじを撫で、少しの間目をつぶった。「なぜこんなに大事なことを、僕に話してくれなかったんだ?」

グレースはため息をついた。「私はこれまで、自分のことで言い訳したことは一度もないの。みんなと同じルールで生きていきたいから」

「投資を受けたときも、言わなかったのかい?」

「話したら、投資してくれなかったでしょう?」

ラファエルは顔をしかめた。「そんなことはない」

「いいえ、そうよ。私には事業は向いていない、と主張したでしょうね……」グレースはつらそうに唾をのみこんだ。「助けてくれる人がいれば、私にも会社を経営できると思ったけれど、実の家族も信頼できないなら誰を信頼したらいいの？」

「それは僕が答えられる質問じゃない。僕の経験からすれば家族はもちろん、誰も信じられないから」

「あら。あなたのご家族も嘘をついたり、だましたり、お金を奪ったりするの？」

「僕には家族なんか一人もいない」ラファエルは鋭い線を描く顎の筋肉をぴくりと動かした。「それに人間に対して、なんの幻想も抱いていない」

「だから、あなたはものわかりがいいのね？　騒ぎを解決してくれて、深く感謝しているわ。私にとても怒っているでしょうね？」

「僕が怒っているのは確かだ」ラファエルの荒々しい雰囲気は、周囲の空気も焦がすかのようだった。

「ええ」グレースは膝が震え、てのひらに汗をかいていた。「怒って当然よ。カルロスとフィロメナが受け取るはずのたくさんのお金を、私のせいで横取りされたんだから」

ラファエルは黒い眉を寄せた。「僕が怒っているのは君じゃない。もちろん夫婦に必要な金は返すつもりだが、二人ともとても誇り高い人間だから細心の注意がいる。怒っているのは、君が大事な情報をくれなかったからだ。もっと早くこのことを教えてくれていれば――」

「でも、お金は盗んでいないと言ったはずよ」ラファエルににらまれて、言葉が喉でつかえた。

「失読症のことを聞いていれば、信じていたよ。だが、君は肝心な情報を伝えてくれなかった。状況から言って、罪がないとは思えなかったんだ」

グレースは唇を噛んだ。「私はただ、あなたに信じてもらいたかったの」

「なぜそう思った？」低い声を出しつつ、ラファエルはグレースに近づいた。彼の黒い瞳は危険な光放っている。「僕は君とは違って、知らない人間を信用しない。知っている人間も信じない。誰も信じられないんだ。知っている人間も信じない。僕の噂を知らないのかい？」秘められないんだ。僕の噂を知らないのかい？」秘めた感情とともに、その場の空気が活気をおびた気がした。ラファエルの怒り、グレースの嘆き、その二つよりもはるかに強いなにか――欲望のせいで。二人の間でそれらがくすぶり、空気を熱くしていた。

「知っているわ」グレースは急にほてりはじめた体を無視しようとしながら、かすれた声で言った。「新聞は、あなたがどんなに悪い人か並べたてていたから」

ラファエルは苦笑した。「僕を知りながら、こんなに遠くまで説得しに来たんだね？　数字に関してむずかしい質問をされるのはわかっていたはずなのに」

グレースは力なくほほえんだ。「答えを暗記した質問をしてくれますように、と祈っていたの」

ラファエルは首を振り、髪をかきむしった。「何十年も経験を積んだ経営者でも、僕と数字について議論するのはためらうんだよ。それなのに君ときたら、ライオンの前にのこのこやってきた鹿の赤ん坊みたいだ。自分を生け贄として差し出したも同じだったんだぞ」

胸をどきどきさせ、グレースは首を左右に振った。「いいえ。最初に会ったときから、あなたはいい人だと思ったわ。新聞に書いてあることは嘘だって」

ラファエルはグレースから離れた。自分の殻にこもったのね、と彼女は思った。「言うな、グレース」その声は攻撃的と言えるほど鋭かった。「僕が持ってもいない美点を、口にしなくてもいい。信頼に値しない人間を信じてはいけない。君は、お父さんとその仲間に対して判断を誤った。僕に対しても」

「いいえ」

「そうだ」ラファエルの口調は荒っぽい。「君はゆうべ、僕に対する判断を誤ったんだ」

情熱的な一夜のことが初めて話題にのぼり、グレースは全身がかっとなるのを感じた。「ゆうべのことを、過ちだとは思わないわ」

「そうかな？」ラファエルの黒い目は厳しい。「だが、君は聞きたい言葉を聞いていないはずだ。愛も、やさしさも、約束や将来の話もなかったんだから。ゆうべしたのはセックスだけだった。そうだと認めるかい？」

グレースの胸は高鳴った。「ええ」ほかになんと答えられるだろう？ 押し寄せる感情の正体を、自分でも理解できないのに。愛というものの存在さえ疑っている相手に、わかってもらえるわけがない。

ラファエルはグレースに歩み寄り、両腕をつかんだ。「僕は君が不正を働いていると思っていた。だが気にしなかったのは、君を組み敷いて徹底的に降伏させたかったからだ」

そして、グレースはラファエルに降伏した。彼が要求したものすべてを与えた。見つめられても、グレースはひるまなかった。「私を脅しているの？」

「いいや。間違えないように、僕が何者かを思い出させているんだ」

「間違えていないわ、ラファエル」グレースは静かな口調で言った。「私はいろいろ過ちを犯してきたけど、ゆうべは違うもの」

「君は勘違いしている」

「いいえ」私は勘違いなどしていない。たとえあと少ししたらリオ・デ・ジャネイロに送り返されるとしても、後悔はしていない。これまでの人生で彼と一緒に過ごした夜がいちばん完璧に近いというのに、なぜ後悔するだろう？ ふいに二人の間の空気がさらに熱くなり、グレースはなにかに突き動かされたようにラファエルのざらざらした顎に唇を走らせた。

「やめろ」ラファエルは離れようとしたが、グレースは彼の首に腕を巻きつけ、高まった体に自分の体を押しつけた。

「あなたが欲しいの、ラファエル」ラファエルの温かな首筋に向かって言った。「ゆうべのことが間違いであっても、私は何度でも繰り返すつもりよ」

ラファエルは低く毒づいてグレースがまわした腕をほどこうとした。しかし考え直し、手を彼女の背中にまわした。「ましな男なら君をとめただろうが、僕は違う」彼はグレースを強く引き寄せた。その目に宿る炎は、二人を燃やしつくしそうだった。

「あなたがましな人でなくてよかったわ」

ラファエルは唇をじらすようにグレースの唇に近づけた。「僕はいい人間じゃない」

「私が欲しいのはあなただけなの」

ラファエルはしばらく迷っていたが、低くうなって唇を重ねた。めくるめくような興奮に包まれ、グレースは彼にしがみついた。ラファエルのたくましい体が迫り、彼女の太腿の後ろがデスクの端にあたる。まさにその瞬間ラファエルはグレースを持ちあげて脚を開かせると、男らしい感嘆のうなり声をあげながら両手でヒップをつかんだ。キスをしつづけいと抱き寄せられたせいで、彼女のもっとも敏感な場所がラファエルの体に触れる。

とてつもなく興奮したグレースは、ラファエルのシャツに手を伸ばし、もっと近づきたいとばかりにボタンを引きちぎった。シャツの前が開き、指がなめらかな胸毛とがっしりとした筋肉に触れた。

ラファエルはグレースの脚の間に手を入れた。巧みな指が、下着の中の熱く湿ったぬくもりへとすべりこむ。

グレースはたちまち自分の体が目覚め、爆発しそうになるのを感じた。愛撫に応えるように体が震えるたびに、ラファエルの名を叫ぶ。けれどすばらしい解放のときが訪れても体が望む満足は得られず、彼女は必死にうめきながら震える手でラファエルのズボンのファスナーをさぐった。唇を重ねたままラファエルはその手を包み、ファスナーを下ろすのを手伝った。腿の内側に彼が触れるのを感じて、グレースがすすり泣く。

ラファエルはグレースの脚を持ちあげると、甘く待ちわびているぬくもりの中へと入った。興奮が耐えがたいほどまで高まる中、ラファエルは爆発しそうな力で何度も彼女の中へ体を進めた。猛々(たけだけ)しい欲望に包まれながらグレースは彼にしがみつき、やがてクライマックスを迎えた。あまりにすさまじい一瞬に、時間の観念も忘れていた。

世界がばらばらになった気がする。首筋に顔をうずめたラファエルがなにかつぶやいたかと思うと、最後にもう一度力強く動く。グレースの腰に指を強くくいこませて彼はのぼりつめ、自分を彼女の体内に解き放った。

9

ぐったりしたラファエルは息を整え、しだいに周囲に注意を戻した。顔をグレースの首筋にうずめていると髪と肌の甘い香りが感覚を刺激し、普段は鋭い頭にぼうっと靄(もや)がかかっているようだ。こんなに近くにいてはなんにも集中できない。ラファエルはしぶしぶ彼女のヒップから手を放した。

支えを失ったグレースは前のめりになった。ラファエルの胸に顔がぶつかり、金髪が乱れる。彼女は手をラファエルの胸にあて、やさしく口づけをした。

愛情のこもった仕草に驚き、ラファエルは両手を宙でとめると、どうしたものかと迷った。グレースをただ抱きしめたいという衝動がわき、ぎょっとする。

抱きしめると誤解されるかもしれないと思い直し、ラファエルは歯を食いしばって手を脇に下ろした。これから今まで僕はグレースに正直に接してきたし、これからもそうするつもりだ。だが、なにかが変わったのではないだろうか？　いつからガラス張りの執務室のデスクで体を重ねる気になったのだろう？

誰も今あったことをロマンチックとは言わないだろう。熱く燃えるようだったとは言えるだろうが。信じられないほどすさまじいひとときだった。しかし、欲望のままふるまうなどあさましい行為だ。グレースには似つかわしくない。

もう一度グレースを味わってみたい誘惑を必死にこらえ、ラファエルはそっと彼女から離れると、乱れた二人の服装をあわてて直した。

グレースはやがて机からそろそろと下りた。ちゃんと立つことができるか、不安なようすだ。

「解決しなくてはならないことがいくつかある」グレースがちょっとひるむのがわかった。

「もちろんよ」グレースの声は頼りなく、笑みは少しばかり明るすぎた。「私、行かなくちゃ」

「行く？」ラファエルは眉をひそめた。「どこへ？」

「もちろん家によ」情熱的なひとときの間に脱げてしまった靴に、グレースは足をそっと入れた。「しなければならない仕事があるわ。あなたにもあなたの暮らしがあるし」

ぽかんとしてグレースを見た。「すばらしいひとときのあとで、あっさり出ていくのかい？」

グレースは震える手で服を身につけた。「かかわりにならないのが、あなたの望みかと思ったわ」

ラファエルは彼女に歩み寄った。「行かせるわけにはいかない」グレースと同じくらい自分でも驚いたが、さらに言い添える。「今のところはまだ」

「帰らなくちゃ。調べることが山ほどあるのよ」

「どんなこと？」僕より大事なことってなんだ？

「わかっているでしょう？　私の人生は危機に瀕しているわ。事業は失敗し、実の父にだまされていたのよ。父と対決して、数字をきちんと把握してくれる人を見つけなくちゃ……」グレースの目の下のくまと声の震えに、ラファエルはいっそう緊張した。繊細ではかなげなグレースを見て、彼女を苦しませる父親に激しい怒りを感じた。

「自分一人でするつもりじゃないだろう？」

「大丈夫。本当よ。私は見かけより強いから」

ラファエルはグレースの青白い顔を、皮肉たっぷりに見つめた。「ちょっと風が吹いたら、君は吹き飛ばされそうに見えるよ。ジャングルを歩いた君を見ていなかったら、か弱いと思っただろうな」

「私はか弱くないわ。証明したと思ったけど」グレースはラファエルの目を正面から見据えた。たった今あった奔放な行為を思い出しているのだと、ラファエルにはわかった。

「お父さんとどう対決するつもりだい？」

「まだわからないわ。飛行機の中で考える」

ラファエルは顔をしかめた。「君の会社の中で信用できる人はいないんだな」

「ええ」グレースは肩をすくめた。

「君は誰でも信用してしまう」ほかの誰かに利用されるグレースを想像して、ラファエルはぞっとした。

「今度は他人を雇うわ。信頼できる推薦状つきの」

「僕が引き受けるよ」

「えっ？」

「君がここに残れば、金のことは助けてあげられる。もっと前に思いついていればよかった。完璧な解決策だ」ラファエルはふたたび事態を思いどおりにできることに満足したが、グレースが首を振るのを見て不安になった。

「いいえ、あなたの助けはいらないわ」

信じられないという表情でグレースを見る。「僕を拒否するのか？」

グレースはかすかに顔を赤らめた。「自分でできるわ。あなたに助けてもらわなくても」

「率直に言って、君ほど助けを必要としている人はほかに知らないが」

つんと顎を上げたグレースの目には、決意が宿っていた。「自分でしなくてはいけないの。それに、あなたがなぜ私よりうまくできるというの？」

「僕には嘘(うそ)つきや詐欺師といろいろな経験があるからさ。きっと君を助けられるはずだ」

「そうは思えないわ」

「はっきりさせよう。僕は君の事業を立ちゆかせるのに必要な金を全額出し、帳簿の不正を正し、今後経理を担当する人間をこちらから送りこむよ」

「とても気前がいいのね」

得意な分野の話に入って自信を取り戻し、ラファエルはほほえんだ。「それくらいはね」

「でも、あなたにそこまで頼みたくないわ」

ラファエルの笑みが凍りつく。「頼みたくない？」

「ええ」グレースは考えこむように眉をひそめた。「でも、あなたのスタッフをよこしてくれるという申し出を断るなんて愚かよね。少なくとも信頼できる人が一人できるわけだから、ありがたく受け入れるわ。でも、それ以外については結構よ」

「金を出すと言っているんだよ」

「あなたのお金はいらないわ。それに私に数字を理解させるより、もっと価値のあることがあなたにはあるはずよ。きっとひどくいらだつし」

自分から金を欲しがらない女性にこれまで出会ったことがなかったので、ラファエルは途方にくれた。「助けたいんだ。お父さんを事業からはずすためには、はっきりとした事実を提示しなければ」

「ええ、そのとおりよ」グレースは唇を噛(か)んで、ラファエルを見た。「本当に私に経理を教えてくれるの？　あなたはすごく忙しいはずよ。いつだってコンピューターに釘づけじゃないの」

「目下のところ、そんな必要はないんだ」ラファエルはすかさず嘘をついた。「君を助けたいんだよ」

「私はとんでもない生徒なの。本当に数学が苦手なのよ」

　ラファエルはそっけなく肩をすくめた。「僕は数字にめっぽう強いんだ。だから大丈夫。だが、どういう教え方がいちばんいいかは教えてくれ」

「まあ」グレースが赤くなる。「私が理解してもしなくても、父は気にしなかったわ。ただ数字を言うだけで」

「それは正しくない数字だった」ラファエルはグレースをデスクに促した。「座りたまえ。数字の扱い方を教えよう」

　グレースはためらった。「私、四時間後にロンドン行きの飛行機に乗らないと」

「君は乗らない。ここを出ていかないでくれ」

　グレースはかすかにほほえんだ。「私とのセックスがすばらしいから？」

　率直な言葉に、ラファエルは驚いた。「ああ、それも理由の一つだ。お父さんが会社から金を横領して逃げるところも見せたくない」

「そうね」グレースは感謝のまなざしを向けた。

「あなたならそう思うでしょうね。カルロスとフィロメナのことも、とても心配しているもの」

「ああ、カルロスとフィロメナのことも心配だ」

「あなたはあの夫婦をとても気にかけているわ。二人もあなたが大好きなのね。すぐにわかったの。私のせいで迷惑をかけて、本当に申し訳ないわ」

「たしかに。だが問題は解決するから、心配しなくていい。リオを発つときには、僕のプライベートジェットを使うといい」

「本当に親切なのね」

「違う。君をここにとどめておきたいという、僕の身勝手な理由のせいさ」

「さっきみたいなことのためとか?」グレースの目は熱っぽい。

ラファエルは仰天した。「それも一つだ」

グレースはかすかな笑みを浮かべた。「ええ、セックスはとてもすばらしかったもの」

その直接的な発言にぎょっとして、ラファエルは髪をかきむしった。「僕がまだ集中できるうちに、数字を片づけるとしよう」

三時間後、グレースは椅子の背にもたれて長いため息をついた。ラファエルに向かってほほえむ。

「一つ、あなたが正しいことがあるわ。あなたは数字にすばらしく強いし、教えるのもとても上手なのね」

グレースは生涯で初めて計算で頭が破裂しそうにならなかったし、脳みそがよじれそうな思いもしなかった。落ちこぼれだと感じたりもしなかった。

ラファエルは説明するために使った赤いペンを置いた。「君にとってはとてもむずかしいことだ。だからこそ、なにもかもがすばらしいよ」

「なにがすばらしいの?」

ラファエルは首を振って、椅子の背にもたれた。普段冷ややかな目には、温かな表情が浮かんでいる。

「数字に問題をかかえながら、君は事業を成功させた。僕はびっくりしたし、感動したよ」

「でも私はあなたに利益をもたらしていないし、カルロスとフィロメナは損をしたわ」

「君のせいじゃない。君の周囲の人間のせいだ。だが、それは過去のことだ。これからは僕が、君の相談相手を選ぶ」ラファエルはグレースの会社の帳簿をくった。「君のカフェの収入はすごい。お父さんが金を横領していなければ、すばらしい収益の事業だったはずだ」

グレースは軽口をたたかずにはいられなかった。

「あなたをお金持ちにしてあげられたかしら?」

「君のような人が働いてくれていたら、僕の人生はずっと単純になっていただろうな。どうやってカフェにそんなに客を集めたんだい?」

グレースは肩をすくめた。「私、アイデアを出すのがうまいの。細かい経理とかはまるでわからないけれど、人々の望みやなにがうまくいきそうかならわかるわ。お客を呼びこむのが得意だったの」

ラファエルは考えこむようにグレースを見た。

「〈カフェ・ブラジル〉を広げたらどうかな?」

グレースは目を大きく見開いた。「イギリスじゅうにってこと?」

「いや、世界じゅうにだ」ラファエルは平然と言った。「アイデアしだいでは国際的なチェーンになるよ」

「成功しているコーヒー店のチェーンがたくさんあるのに」

「たしかに。だがどれ一つとっても、決定的とは言えない。君は驚くべき情熱と新しいアイデアを持っているし」

グレースは急に幸せの光に包まれた気がした。

「あなたは何時間も経理について教えてくれたのに、私を厄介者ではなく、貴重な人材みたいに言ってくれるのね」

「君は貴重な人材だよ。数字のことは忘れるんだ。足し算なんて簡単さ。会計事務を習った者なら、誰でもできる。むずかしいのは独創的なアイデアを出すことや、事業を軌道にのせることだ。君はそうしている」

「でも、私はとても現場が好きなの。つまり」グレースは唇を噛んだ。私が一生かかって稼ぐ以上の金額を一時間で稼ぐ億万長者と、ささやかな事業について話していることにひるむのはやめよう。「どのカフェで働いているスタッフの顔も覚えているし、定期的に会ってもいるの。これ以上増えたら、手がまわらないわ」

「もし事業を国際規模にすれば、ジャングルで僕と過ごす時間などなくなってしまうな」

誘うような笑みを浮かべるラファエルに、グレースの心臓は狂ったように打ち出した。

「そうだね、いとしい人（メウ・アモルジーニョ）。それは困る。世界に乗り出すときは、僕が面倒を見てあげるよ」

「今現在は、会社の問題を片づけるのが先だと思うわ」グレースはかすれた声で言った。「さらに責任を負うんじゃなくて」

「問題なら解決している。前の業者はもう取り引きにかかわっていないよ」

「本当？」グレースは目をまるくした。

「人を使って、すぐさま別の職場をさがしたほうがいいと説得させたのさ」

「残るは私の父ね」

「そのとおりだ。お父さんのことはこれからだが、ほかはすべて片づいた。新しい経理の責任者は、賢くて話しやすい。なんでもきくといいよ。やつが一度でも君にいらいらしたら、首にしてやる」

グレースは、ラファエルのいつもの横柄な言葉づかいの裏にあるやさしさに打たれた。「ありがとう」

「彼がコーヒー豆の買い入れ体制を整えるはずだ」

「そのことだけど、二、三アイデアがあるの」

「言ってごらん」

「第三者を介さずに、農園と直接取り引きしたいの。そうすれば、お金が直接夫婦に行くでしょう。生産物に問題があっても私がいちばん早く知ることになるし、事業のやり方に対して彼らに心配なところがあれば話してもらえるわ」

「そうだな」

「私、収益の一パーセントを密林を守る慈善団体に寄付するつもりよ。利益を減らすことにはなるけれど、必ずしも利他的な行為ではないわ。自分たちの飲むコーヒーが密林を守っていると知ったら、多くの消費者は喜ぶはずだもの。寄付金がどのように密林の保護に使われるか、写真で見せればいいわ」

ラファエルは鷹揚にほほえんだ。「金をそんなに気前よく投げ出していたら、決して億万長者にはなれないぞ。だが、問題ではないよ。僕が君のぶんまでたっぷり金を持っているから」

グレースの笑みが消えた。「あなたのお金なんて、欲しくはないわ」

「なにももらおうとしない女性なんて、君が初めてだよ」

「もうたくさんもらったわ」グレースはつぶやいた。「あなたは私に数字を理解させてくれた。そんなことは誰もしてくれなかったのに、驚くほど我慢強く繰り返し教えてくれたわ。一度もいらだったり、うるさがったりしなかった。そのうえ、不正を働いた業者も私のために片づけてくれたし」

「僕は金のことを言っているんだ」

「そうね」グレースは顔を少ししかめた。「けれど、お金はいつも重要とは限らないわ」

「そうかもしれない。君はとても変わった女性だな」彼に見つめられてグレースは落ち着かなくなり、重心を一方の足からもう片方へと移した。

「足し算ができないから？」

「そうじゃない」ラファエルは立ちあがると、彼女に近づいた。その目は笑っている。「君に足し算ができようとできまいと気にしないし、事業やお父さんについての話ももういい。マリアが夕食にする前に、ひと泳ぎしよう」

二人は小道を歩いた。木々に結んだ真っ赤なリボンを見て、グレースが立ちどまる。「これってなんのため?」

「君のためさ」ラファエルはぶっきらぼうに答えた。「スタッフに命じて、プールまでの道に目印をつけさせたんだ。君が二度と迷子にならないように」

グレースは泣きそうになった。「私のために?」

ラファエルは彼女を見てから肩をすくめた。「密林の中をさがして歩くより、手間が省けるからね」

そっけない返事を聞いても、グレースの幸せな気持ちは消えなかった。プールはひんやりして心地よかった。彼女は水の中でうれしそうにうめいた。

「このプールをロンドンに運んでいきたいわ」

「なぜそんな必要がある?」ラファエルはあっという間に服を脱ぎ、裸のままグレースを見つめた。まったく自然な態度だ。

ラファエルの全裸を目にして、グレースは頬が熱くなった。「大好きだからよ」

「では、ここに残りたまえ」問題は解決したとばかりに肩をすくめると、ラファエルは水泳選手のようにしなやかに水中に飛びこんだ。

ラファエルがすぐ横に顔を出したので、グレースは息をのんだ。彼の目は危険な光を放っている。

「このプールには、あらゆる種類の危険な肉食獣がいるんだ」ラファエルはかすれた声で言うとグレースの背中に手をすべらせ、たくましい体に引き寄せた。「注意したほうがいい」

喜びが恐ろしい勢いで押し寄せ、グレースはラファエルに寄り添うと唇を近づけた。「本当に?」

ラファエルはグレースの体を撫でおろしながら、水着を脱がせていった。たちまち彼女は一糸まとわぬ姿になったが、気にならなかった。気になるのは相手の手の感触だけだ。

「ラファエル……」なめらかな肩の筋肉に唇をあて

て名前を呼ぶと、彼の熱くがっしりした体が自分の体をかすめるのを感じた。

ラファエルはグレースの頭を支えて、彼女の唇を奪った。その舌に誘われるように、グレースの体が燃えあがる。

グレースはもっと近づこうと身をよじり、ラファエルがポルトガル語でなにかつぶやくのを聞いた。それから彼はグレースをしっかりと支えて、するりと体を重ねた。プールの水の冷たさとラファエルの体の熱さに、グレースは思わず声をあげて背をのけぞらせた。彼がすばらしいリズムを刻むたびに、グレースの髪が水中に漂う。彼女がクライマックスを迎えた瞬間、ラファエルもそれに応えるようにうめいた。にわかに動きが激しくなり、力つきる。

疲れとめまいを覚えながら、グレースは目を閉じてラファエルの広い肩にもたれかかった。彼が支えてくれているので、ほっとする。そうでなければ、溺れて幸せのうちに死んでいただろう。

「すぐにブラジルを去ってはだめだよ」ラファエルはグレースの顔にかかる濡れた髪をやさしく払い、満足そうに言った。

心ここにあらずのままグレースは目を開け、ラファエルを見た。彼は私のことが好きなのかしら？もちろん、さっきみたいに応えてくれたのは好きだからだわ。それに、私に対する態度も変わってやさしくなった。欲望以外の絆を感じる。

もしかして、私たちには未来があるのかしら？

ワイングラスを傾けるグレースを見て、ラファエルはなぜ彼女の一挙手一投足が自分を引きつけるのか不思議に思った。なぜ何度体を重ねても、またすぐ彼女が欲しくなるのだろう？

ラファエルはすぐに結論に達した。グレース・サッカーの信じられないほどしなやかでセクシーな体に、僕は溺れてしまったのだ。

　グレースの目の下にかすかなくまがあるのに気づき、彼は眉をひそめた。「疲れたのかい?」

「ちょっとね」グレースはグラスを置くと、フォークでマリアが並べた料理を少し取った。「正直に言うと、疲れたというより不安なの」

「不安? なにがだい? 話してくれれば、解決してあげるよ」

「父のことよ」

「僕がなんとかするさ」

「あなたに頼みたくないわ。あなたの問題ではないから。私が気にしているのは、父をどうこうすることではないの。そのほかのことなのよ」グレースは料理を口に運ぼうとしない。「私、ひどく動揺しているのね」

「なぜだ? 君の事業はうまくいくはずだ」

「でも、事業以外のこともあるでしょう?」

「そうなのか?」ラファエルはぽかんとした。

　グレースは苦笑した。「どうかしていると思うかもしれないけれど、父を亡くしたような気持ちなの」唾をのみこむ。「そんなふうに感じるなんて、愚かだとわかっているわ。だって、父は一度も私のことを心配してくれなかったから。それでも、とてもつらいのよ」

「なぜだい?」ラファエルは顔をしかめた。「それではお父さんが図にのるだけで、君は損するばかりじゃないか」

「理屈はわかっているわ」グレースは皿の料理をつつき、小声で言った。「でも、実行するのはむずかしいの」

　ラファエルはため息をついた。「子供を持つことは大きな責任なのに、大多数の人間はわかっていない。だから、他人を信用してはいけないんだ。自分を頼るほうがましだよ」

「私はそうしてきたわ」グレースはラファエルから視線をそらせた。「でも、それってどんな人生なの？　愛のない人生って」

「単純かな？」会話の行方にひどく当惑して、ラファエルはテーブルの上に手を伸ばし、グレースの皿に料理を取り分けた。彼女はわずかしか食べていない。「もう忘れるんだ。たくましくなって、人を信じすぎないようにすることだね」

「無理よ……」グレースは手を上げて、ラファエルが料理をのせるのをとめた。「あまりおなかはすいていないし、たくましくなりたいかもわからない。なにも感じない人生なんて過ごしたくないし」

「僕を信じろよ。そうすればずっと単純になる」ラファエルはそう請け合った。

彼女は顔を上げて、ラファエルを見つめた。「それほど彼女はあなたを傷つけたの？　あなたの前の奥さんは」

グレースの質問を拒否するように、ラファエルはたちまち体を硬くした。だが僕の失敗談を聞けば、グレースは強くなる気になるかもしれない。「いや、傷つけてはいない」女性に心を傷つけられたのは、もっと以前のことだ。しかし、そのことを明かすつもりはなかった。

「彼女を愛していたの？」

もの思いから覚めると、ラファエルはかすかに自嘲するように片方の眉を上げた。「どう思う？」

「あなたが愛を信じていないのは知っているけれど、結婚したわけでしょう。かかわりになるのをいやがるあなたのことだから、なにか理由があったのね」

「そうだ」暗い感情が押し寄せてきたが、ラファエルは無理に押しのけた。「妻は妊娠している、と言ったんだ」

「まあ」グレースはフォークを皿に置いた。「そう聞いて、結婚したの？」

「ああ」

「それでどうしたの？　それとも話したくない？　その……あなたには子供がいないから……」グレースは言葉につまった。ラファエルを傷つけたくはなかった。「悲しい気分になるようなら、話題を変えましょう。ごめんなさい」

ラファエルは意図したより荒っぽい口調で言った。「赤ん坊なんかいなかったんだ」

グレースの目がうるんだ。「流産したの？」

「亡くすような赤ん坊など、最初からいなかったのさ」ワイングラスをつかんだラファエルの関節は白かった。「グレース、いちばんの皮肉屋でもだまされることはあるんだ」

「奥さんは結婚したくて、嘘をついたの？」グレースの目に浮かぶ同情となにかとてもやさしいものが香油のようにしみ入り、ラファエルはささくれだった神経が癒されていくのを感じた。「それほど愛してたってこと？」

「妻は、僕をまったく愛してなかった」

「でももし奥さんが――」

「億万長者と結婚すれば、見返りが得られる。一生収入を保証されるのは、言うに及ばずだ」

「彼女がお金めあてで結婚したと思っているの？」

「現実にそうだったんだ」ラファエルはテーブルの向かい側にいるグレースを見た。彼女はそれほど世間知らずなのか？「ほかになにがある？」

「あなたが女性に提供できるのはそれだけだと思っているの？　お金だけと」心底衝撃を受けた口調のグレースに、ラファエルは苦笑いした。

「いや。僕は寝室でも誰にも負けない」

グレースの頬が赤くなった。

「関係が終わって財産贈与をしたあとも、彼女はベッドだけはともにしたがった。離婚後はもちろん、タブロイド紙にゴシップを売ったよ」

「記者に話したの……」

「みんなそうするのさ」苦々しさを隠そうともせずに、ラファエルは言った。「元ガールフレンドや前妻にとっては臨時の収入源だからね。常識なんてないんだ。僕から金をせしめたら、次はその関係を印刷物にして売り飛ばす」

一瞬の沈黙のあと、グレースは言った。「でも、それは人間関係の一例でしょう。もう一度試みようと思ったことはないの？」

「結婚はノーだ。セックスは――」ラファエルはグラスをグレースに向かって掲げた。「イエスだな。実際、何度も関係を持った」

グレースは顔を赤らめた。「新聞によると、あなたはそちら方面でもとても忙しそうだものね。でも、ベッドをともにすることや結婚のことをきいているんじゃないの。愛についてきいているのよ」

「僕に愛について語るのはよせ、グレース」

グレースはひるんだ。「誰もがあなたの前の奥さんのようだというわけではないわ」

「この世は前妻のような人間でいっぱいだよ」

「本当にそう思うの？　あなたはとても知的な人だわ。それなのに数人の強欲なガールフレンドたちのせいで、女性観をめちゃめちゃにするわけ？」

数人の強欲なガールフレンドだけじゃない。ラファエルの胸の内で、暗く不快なものが渦巻いた。グレースはどこか責めるような青い瞳で見つめている。彼はふいに、これまで隠してきたことをすべて打ち明けたくなった。

なにか力強いものが二人の間に生まれていた。肉体的な親密さ以外のものに引きこまれたくなくて、ラファエルはかすかに笑った。「質問はなんだったっけ？　数人の強欲なガールフレンドたちのせいで、女性への考え方を決めるのか、だったね？　答えはイエスだ」視線には自嘲の色が宿っていた。「君の言うとおりだとは思う。だが彼女たちと同じくらい僕も悪いんだから、かわいそうだとは思わないでくれ。僕は利用できる間しか、女性をまわりに置かない。君も逃げられるうちに逃げたほうがいい」

グレースの息づかいが荒くなった。「どこへも逃げたりしないわ。あなたは自分を誤解している」

グレースは愚かな楽観主義者なんだ、とラファエルは不機嫌そうに考えた。だから他人の中によさを見つけようと懸命になったあげくに傷つくんだ。

「いや、グレース、そうなのさ。僕が大半の時間をなぜここで過ごしていると思う？」

「とても美しいところだからでしょう。私がこんな家を持っていたら、都会には近づかないと思うわ」

グレースは言葉を切り、ため息をついた。「私、あなたを理解しようとしているの……」

もちろんだ。グレースは人をいらいらさせずにはいられない女性だから。「僕を理解してくれとは、言っていないはずだ」

「でも、わかったのよ。その……少しだけど。ありのままを望む人に、あなたはまだ会っていないのね。私も同じだから、気持ちがわかるの。男性が近づくのを心配するほど、私にお金があるわけではなくてもね」グレースはふうっと息を吐いてほほえんだ。「なくてよかったと思っているわ」

「僕もそう思うよ」ラファエルはグレースを見つめ、やさしく言った。「僕は状況に応じた望みを持つことにしている。君もそうすることだね。他人を利用して、もらえるものをもらえばいいんだ」

グレースはかすかにためらっていたが、胸を張った。「できないわ。なにが起きても、性格を変えることはできないもの。私はずっと、あるがままの自分を愛してもらいたいと思ってきたわ。ずっと相手を喜ばせようとしてきた――先生とか、父とか。でも、うまくいかなかったわ。みんなは私にいらいらしたただけ。おもしろいこと、知りたい？」

その言葉からは、とてもおもしろい展開になりえないと思って、ラファエルは顔をしかめた。「なんだい？」

「自分を頑固で悪い人間と思っているけど、あなたが初めてなのよ。私に時間をかけて数字を教えてくれて、いらだたなかったのは。理解できない人間にずっと計算を教えていたのに、一度もテーブルを指でたたいたり、私をにらんだりしなかったわ。だから、冷酷なお金儲(もう)けの機械みたいなふりはやめて」

グレースの解釈に、ラファエルは驚いた。「君に数字をわかってもらう必要があったからだ。そうしなければ、君はお父さんと話ができないだろう」

「そうね。とても上手に教えてくれてありがとう。やさしくて、忍耐強い先生だったわ」

そんなまったく見当違いの評価を僕の部下が聞いたら、どう思うだろう？「君は間違っている。僕は冷酷な金儲けの機械さ」

「いいえ、違うわ。すばらしい人間性を持っているのに、自分で気づいてないのよ。なにか得ようと蛭(ひる)のようにあなたに吸いつく人たちとこれまでの人生を過ごしてきたせいね」

まるで不愉快な方向へ会話が向かっている。ラファエルはテーブルをたたいた。「お父さんのことで興奮して、つまらないことを言っているぞ」

「そうかもしれないわ。それに、しなくてはいけないことをするときだわ。明日、あなたの飛行機でロンドンに戻れるよう手配してもらえるかしら？」

ラファエルは顔をしかめた。「二週間後に、僕は仕事でロンドンに行く。そのとき、一緒に行けばいい。一緒にお父さんに会おう」

「いいえ」グレースは首を左右に振った。「これは私一人ですべきことよ。これ以上待ちたくはないわ。心配で眠れないもの」

ラファエルはなんとしてもグレースを守りたかった。「一人でお父さんに会うのはだめだ」

「一人で会わなくちゃ」グレースは顎をつんと上げた。ラファエルは歯を食いしばって、山積みになっている仕事を思い出した。グレースが金色の髪をなびかせて密林にハイヒールで降りたったときから、無視してきた仕事の山を。

「わかった」ラファエルはしぶしぶ同意した。「ロンドンへ帰ればいい。だが、僕のプライベートジェット機は空港に待たせておく。お父さんに会って必要な話をしたら、すぐに戻ってくること」

グレースは驚いた。「本気なの?」

「ああ、帰ってきてくれ」なぜ彼女はそんな目で僕を見るのだろう? あれほどすばらしいひとときが過ごせるなら、帰ってきてほしいに決まっている。

10

機内の豪華な調度品に威圧されないようにしながら、グレースはラファエルのプライベートジェットの座席に腰を落ち着けてロンドンまでの長旅に備えた。乗務員がシャンパンと小さな箱を持ってくる。きれいに包装された箱には、短い手紙がついていた。

震える手で、グレースはまず手紙を読んだ。〈君は僕から金も贈り物ももらおうとしないが、これは受け取ってもらいたい。R〉

〝これ〟というのは、ポケットに入るほど小型のイヤホンつきテープレコーダーだった。ラファエルの選んだ贈り物にちょっと困惑したものの、グレースはスイッチを入れた。経理上のすべての注意点を手短に述べるラファエルの声が聞こえる。二人で話し合ったことやグレースが知っておくことが全部吹きこまれていて、彼女は目頭が熱くなった。

ラファエルは私を愛していないかもしれないけれど、気にはしてくれている。そうでなければ、こんな手間をかけるはずがない。できるだけ早く父に会って密林に戻ろう。グレースはテープに吹きこまれた内容をすべて記憶し、残りは眠って過ごした。

飛行機がようやくロンドンに着いた。外は暗く霧雨が降っており、グレースは機内に引き返して色鮮やかな森林に戻りたくなった。

プライベートジェットを降りた彼女は要人専用の通路に案内されたので、ストレスがたまった旅行客たちを押し分けて進まずにすんだ。そのとき、目を引くものがあるのに気づいた。自分の顔だ。新聞の第一面から、こちらを見つめている。グレースはぎょっとして新聞をつかみ、見出しを読んだ。〝コルデイロのジャングルの新しい恋人――詳しくは第四面に〟

詳しくってなんのこと？　心臓がどきどきし、グレースはすばやく紙面をめくった。

ブラジルのプレーボーイで億万長者のラファエル・コルデイロは、〈カフェ・ブラジル〉のオーナーで胸の豊かな金髪の女性実業家、グレース・サッカーとジャングルでゲームに興じている。〈カフェ・ブラジル〉とは、ロンドンを中心とする南東地方全域に広がるコーヒー店のチェーンである。多額の慰謝料を払って女優のアンバー・ナヴァリンと離婚して以来、コルデイロはなりをひそめていたが、新たな金髪美女と親しくなったらしい。グレースの父親パトリック・サッカーによれば、事業が不振なので、彼女は新しい恋人からの気前のいい資金投入を期待しているらしい……〟

それ以上読むことはできず、グレースは襲ってくる恐怖の大波を前に立ちすくんだ。

父が新聞に話の種を売ったんだわ。でも、話ってなにかしら？　私がジャングルにラファエルを訪ねたということ以外に、なんの話があるというの？　いいえ、なにもない。ただ、二人でいたというだけだ。だから、ラファエルはあそこに住んでいるんじゃないの。こんなゴシップから逃れるために。

気分が悪かったけれど、グレースはなんとか記事を読みおえた。ふいに怒りがこみあげた。かわいそうなラファエル。彼は、私もこのでっちあげにかかわっていると思うだろうか？　どちらにしても彼がいやがることに変わりはない。自分が意図したことではなかったが、結果として彼を傷つけてしまったと思うと、グレースは気持ちが沈んだ。

無意識のうちに空港を出て、タクシー乗り場に向かった。ラファエルが雇った運転手が迎えに来ることなど忘れていた。みじめに打ちのめされ、グレースはタクシーの後部座席に座った。お父さんはまた私を傷つけた。

しかし今回、想像以上に彼女の心の傷は深かった。なぜなら、ラファエルとの関係はこれで終わったからだ。終わらせなくてはならない。彼が私生活を必死で守りたがっているのを知りながら、人々の目にさらさせるわけにはいかない。私のせいで、ラファエルの名は新聞という新聞に載ってしまった。

ラファエルとの関係を続ければ、父はまた必ずそれをお金儲け(もう)けに利用しようとするだろう。心から愛している彼を、そんな目にはあわせられない。

三日後、ラファエルはロンドンの最高級の住宅地にあるアパートメントの居間を行ったり来たりしていた。いつもなら事業が深刻な危機を迎えたときだけ密林から出てきてまたすぐ戻るのだが、今彼が考えていたのは仕事のことではなかった。グレースのことだった。彼女が発った瞬間、行かせたのは間違いだったと気づいた。彼女に一人で父親と対決させてはいけなかった。ラファエルはロンドンの部下に電話をし、自分が着くまでアパートメントでグレースを守るようにと指示した。そして、ロンドンに着いたグレースが姿を消したことを知った。

つのるいらだちを抑えながら、ラファエルはデスクの脇に心配そうに立つ男をもう一度見た。「グレースが姿を消した、と本気で言っているのか？」

男は唇を湿らせた。「そうです、社長」

「だが、グレースは僕のプライベートジェットでロンドンへ飛んだんだぞ。正確にはいったいどこで、君はグレースを見失った？」

男は唾をのみこんだ。「正直なところ、わからないのです、社長。空港を抜けたと思うと、すぐに見えなくなってしまって。煙のように消えたんです」

ラファエルは最初は流暢な英語で、次は母国語のポルトガル語に切り替えて毒づいてから、拳でデスクをたたいた。そのとき、別のスタッフが新聞を手に入ってきた。「今度はなんだ？」

「これをごらんにいれたいと思いまして」

彼は目を細くした。「タブロイド紙は読まない」

「存じております、社長」若い女性は咳払いをし、新聞を差し出した。「ですが、これはお読みになりたいかと思いまして」

グレースは小さな公園のベンチに座っていた。路地の向かい側には父の家がある。新聞記事を読んでから一週間がたった。その間ずっと、ラファエルにどう説明するか考えた。結局短い謝罪の手紙を送って、今ごろは自分を乗せずに戻っているはずのプライベートジェットのことは考えないようにした。予定どおりに父に会うには腹がたちすぎていて、グレースは自分のフラットには戻らずにロンドンのはやっていない安宿に泊まった。そして小さな部屋のクリーム色の天井を見つめながら、どうしようか考えた。

ラファエルとの関係は終わった。もちろんがっかりはしたけれど、最初からどこかで終わる気はしていた。ラファエルは誰も愛していない。だから、二人のロマンチックな出来事はつかの間のことに限られていたのだ。

みじめな気持ちは消え、ラファエルを傷つけた父に対する怒りが取って代わる。

公園のベンチに座り、幼児を乳母車に乗せる母親を見ながら、グレースは思った。二週間前まではラファエルに会ったこともなかったのに、今の私はどうやって彼のいない人生を過ごしていこうかと悩んでいる。けれど、なんとしても生きていかなくては。でも、父と話をするまでは先へ進めない。生まれて初めて遠慮のない意見を言い、自分の気持ちをぶつけるのよ。そうしなければ、胸の内の激しい怒りとショックのやり場がないもの。

グレースは恐怖とあきらめがまじったため息をついて立ちあがり、道を渡って父の家へ行った。

家政婦のデイジーがドアを開けた。「あら、お嬢さん。どこへいらしていたんですか？」彼女はうろたえている。「お父様はとても心配されて……」

なにを心配したのだろう？　ついに自分の悪事がばれたこと？　グレースは胸の奥に鈍い痛みを感じた。「父はいる？」

「あの……はい。ですが、今はお客がいらしています」デイジーは心配そうに書斎の方を振り返った。「ここで待っていてくだされば、伝えてきますが」

言い争うような声が聞こえ、グレースは胸がむかついた。新聞記事を思い出して、またもや怒りがこみあげる。今こそ、父と対決するときだ。他人がいてもかまわない。ここに来る勇気をふるいおこすのに一週間かかった。今逃げ出したら、二度と戻ってこられないだろう。

グレースはとめようとするデイジーを振りきって廊下を進み、ノックもせずにいきなり父の書斎に入った。父パトリックの顔は青ざめ、怒っているようだ。振り向くと、ラファエルが暖炉の横に立っていた。黒い瞳は怒りに燃え、部屋の温度が上がるほど全身に憤りをみなぎらせていた。

いったいここでなにをしているの？

新聞記事を思い出したとたん、彼に対する懸念はきまり悪さへと変わり、グレースはにわかに背を向けて逃げ出したくなった。ラファエルは大股に二歩グレースに歩み寄るとその手を取り、ぎゅっと握りしめた。「逃げちゃだめだ。対決するのはつらいだろうが、正々堂々と立ち向かうんだ」

怖いのは対決ではないと、どうして言えるだろう？　父が記者に記事の種を提供したせいで、グレースはラファエルに申し訳なさととまどいを覚えていた。「あなたが怒るのももっともだけど――」

「たしかに僕はかんかんに怒っている。こんなに腹をたてたのは初めてだ。原因はすべて君にある」

ラファエルはひどく疲れているようすだ。また徹夜で仕事をしたのだろうか？「ひどい記事を読んだんでしょう？　私も動揺したわ……」

「記事の話をしているわけじゃない。そんなことを気にすると思っているのかい？　僕が怒っているのは君がまる一週間地上から姿を消し、誰も行方を知らなかったせいだ！　無能なロンドンのセキュリティ・チーム全員を解雇しようと思ったよ！」

グレースは目をまるくした。「ラファエル――」

「連中は君を見失った！　悪党を信用した君が殺され、どこかの溝に捨てられているんじゃないかと想像して……」褐色の端整な顔がいくらか青ざめ、グレースの腕をつかむ手に力がこもった。「どこに行っていたんだ？　どんなに僕が心配したかわかるかい？　この一週間、セキュリティ・チームの全員にロンドンの通りをくまなくさがさせていたんだ」

ラファエルの猛烈な怒りに、グレースは仰天した。口の中がからからになる。「新聞を見たの」

「それで？」

「あなたにとても悪い気がしたの。恥ずかしかったわ。それに父に腹がたって、気持ちを落ち着けてからでないと会う気になれなかったのよ」

「ではなぜすぐに飛行機でリオに戻って、ジャングルで気持ちを落ち着けなかったんだ？」

「新聞に話を売りこむ人たちは、ごまんと見てきているでしょう。そんな人間はうんざりなはずだわ」

ラファエルはあきれたというように、グレースをしげしげと見た。「あの記事は君に関係ないだろう」

「信じてくれるの？」グレースは有頂天になって、にっこりした。「ラファエル、あなた、急に人を信じるようになったの？」

グレースの腕をつかんだラファエルの手がこわばった。「いや……うん、たぶんそうだ。だが、君だけだよ」グレースを引き寄せる。「君のせいじゃないのはわかっている。なぜ急に隠れたんだ？」

「なぜって、あなたの人生に父のような人間はいらないからよ」

「もうやめろ！」グレースの父は顔をしかめて進み出た。「私について話すときは、それなりの敬意を払ってもらいたいものだな。私がここにいることを、二人とも忘れているだろう！」

グレースはラファエルから離れて、父に歩み寄った。「忘れていないわ、お父さん、決してね。それに、敬意というのは努力して勝ち取るものよ。お父さんは人生でただの一度も、私が尊敬したくなるようなことをしていないでしょう」

パトリックは怒って肩をそびやかした。「口答えは許さないぞ。おまえはまだ、尻をたたかずにいるほど大人になっているわけじゃないらしいな」

ラファエルが足を踏み出して、低くうなるように警告した。「グレースに指一本でも触れたら、二度と金などいらなくなる場所へ送ってやる」

グレースはとっさにラファエルの腕に手を置いた。「私は言いたいことを言うつもりよ、お父さん。脅してもだめ。一週間ずっと、今日のために準備してきた話があるの。聞いてちょうだい」

パトリックは冷笑した。「おまえはブラジル人の護衛をつけて、急に勇ましくなったな」

「脅してもだめよ。今回はね。それに、私のほうが悪いと思いこませることもできないわ。私のおかげで、お父さんは一財産築いたのね。いくら稼いだか、一ペニー単位までわかっているのよ。私から盗んだのね――実の娘から」グレースは泣きだしたくなったが、今言わなければ二度と勇気を出すことはできないとわかっていた。「私は真実を認めることにしたの。今も、今までも、あなたはいい父親じゃなかったわ」

パトリックは娘の方に一歩踏み出したが、ラファエルの厳しい視線を浴びてふいに立ちどまり、グレースをにらみつけた。「おまえのために、私は最善をつくしたんだ。おまえは手のかかる、育てがいのない子供だった」

「いいえ」グレースは首を横に振った。「お父さんは私のために最善をつくしてなんてくれなかったわ。最善をつくしていたのは自分のためにでしょう。いつも自分のことばかり考えて。私が事業を始めて軌道にのせても、自慢に思ってもくれなかったじゃない。ただ私の弱点につけこんで、会社からお金を横取りしたのよ。なぜそんなことができたの、お父さん？　どうして？」

パトリックは肩をすくめて、ちらりとラファエルを見た。「いや、今では自慢に思うよ。おまえはたしかに大成功した。よくやった、グレース」不快な笑みを浮かべる。「全員が得をすることになるな」

グレースの怒りが爆発した。「いいえ、もうお父さんに甘い汁は吸わせないわ！　なぜ罪のない人たちからお金を取ったりしたの？〈カフェ・ブラジル〉はうまくいっていたのよ。それなのに、お父さんがだいなしにしたんだわ」

パトリックはいらだたしげに舌打ちした。「おまえはいつも大げさなんだ！　言いたいことを言ったなら、出ていくといい」

「まだ終わっていないわ」グレースは膝が震え、爪がラファエルの腕にくいこんでいるのにも気づかなかった。「なにが許せなかったって、ラファエルのことを記者に話してお金をもらったことよ。なぜそんなにいやしいまねができたの？」

父はばかにしたように肩をすくめた。「新聞が支払うというなら、話を提供してやればいいのさ」

グレースは顔をそむけた。「お父さんには道徳心がないのね。まっとうに生きようという気持ちも」

「それならおまえは傲慢だ！」父はついに癇癪を起こした。「足し算もできないばかな小娘から、なぜこの私が行儀作法を教わるんだ？」

大きく一歩前に出たラファエルが勢いよく殴りつけたので、パトリックはどんと大きな音をたてて壁にぶつかった。

「ラファエル、やめて！　だめよ」グレースは怖くなり、ラファエルの腕をつかんだ。

「君はまだお父さんをかばうのか？」

「いいえ」グレースは細い肩を落とした。「でも、私の父ですもの。父のしたことはひどいけれど、家族は家族だから――」口ごもり、目に涙を浮かべる。

「私はあまり扱いやすい娘じゃなかったかもしれないし」

「まただ。君は人のために弁解してやっている」あざになった拳をこすり、ラファエルは顔をしかめた。

「ええ……」グレースは声を震わせた。「ええ、そうね、ラファエル。ごめんなさい。でも人の内面を変えることはできないって言ったのは、あなたでしょう？　ともかくもう一度父を殴ったら、本当にけがをさせるかもしれないわ。私のせいで、あなたが厄介に巻きこまれるのは困るの」

ラファエルの口元がかすかにほころんだ。「君のせいで、僕はとっくに厄介に巻きこまれているよ」

自分の名前が新聞に出たことを言っているのだろうか？　ラファエルの真意がわからないまま、グレースは父の方を振り返った。父が顎を押さえてよろよろと立ちあがる。グレースは涙をこらえて一歩前へ出た。「殴られたことは決して誰にも言わないで。でないと警察へ行って、横領罪でお父さんを訴えるわ」

パトリックは顎をおそるおそる動かした。「おまえには決して立証できんさ」

「なぜ？　私がばかで、足し算ができないから？」グレースの声は震えた。「ラファエルの噂(うわさ)をあと一つでも新聞に載せたら、立証してみせるから」

パトリックは娘を見つめた。「父親に対してそんなまねはできないだろう？」

「できるわ」グレースは胸を張った。「あなたは今でも私の父だし、愛しているわ。でも好きではないし、尊敬もしていない。お父さんが自分のしたことを反省するまで、私、遠ざかっているつもりよ。謝る気になったら、まずラファエルからにしてちょうだい。それにもう一つ、新聞社からもらったお金だけど、ブラジルのジャングルを保護するために寄付してもらいたいわ」

グレースは、ラファエルが自分の手首をぎゅっと握るのを感じた。そして促されるまま、部屋を出た。

メイフェアにあるラファエルの豪華なアパートメントのソファにまるくなって座り、グレースは壁の絵を見るともなしに見ていた。父親と対決したあと、ラファエルは引きずるようにしてグレースをリムジンに乗せ、運転手に帰るよう命じた。十分前からラファエルは緊急の電話に出ており、グレースは一人ぼっちだった。

「一人にして悪かった……」ラファエルは大股に戻ってきた。グレースがぽつんと座っているのを見て、低く悪態をつく。「お父さんのことを考えるのはやめるんだ！　そんな値打ち、あの男にはない」

グレースは驚いてラファエルを見た。「父のことを考えているって、どうしてわかったの？」

「顔に書いてあるからさ。そこに座って、お父さんがひどい行動をとった理由を考えていると」

グレースはつぶやいた。「今でも父親だもの」

「君は驚くべき人だな。お父さんは君を破滅させようとしたのに、君ときたらなにをした？　愛してると伝えた！　君の愛になど値しないのに」

「愛される値打ちのない人なんていないわ」グレースは指先で涙をぬぐった。

「君はひどくうろたえているが、目下のところはお父さんを忘れるべきだ」

「ええ」グレースはなんとかほほえんだ。「ごめんなさい。あなたは感情をあらわにするのを嫌うのに、今日はいやというほどあらわにしたわね。新聞だの、父との口論だので。手はどう？」

「大丈夫だ。君の行方がわからなかった先週に比べれば、こんなのはなんでもない」ラファエルはグレースを自分の膝に座らせた。「君が行ってしまったとたんに、行かせるんじゃなかったと思ったよ」

「私の闘いなのよ、ラファエル」

「君は争いには向いていない。いなくなってすぐ、そう気づいた」

「だから追いかけてきたの？」

「ああ」ラファエルは指をグレースの顎にかけて、上を向かせた。「お父さんと君が顔を合わせると思うと耐えられなかったが、そのとき君の行方がわからないと知った」

「新聞を見て、ひどくうろたえたの」グレースは唇を噛んだ。「ただ一人の家族に徹底的に見捨てられることがどんなものか、あなたにはわからないでしょうね」長い沈黙が続き、ラファエルが緊張しているのに気づいた。

「実はわかるんだ」彼はかすれた声で言った。「よくわかる」

グレースはラファエルの膝の上で体を起こし、彼を見つめた。「あなたに家族はいないんでしょう。お父さんに見捨てられたの？」

「父は僕が生まれる前に、僕を見捨てた。母を置き去りにしたんだ」ラファエルはグレースを膝から下ろして立ちあがった。肩をこわばらせる。「八歳になるまで、母は一人で僕を育てた」

グレースは直感で、ラファエルに取りついている悪魔がついに姿を見せようとしているのを感じ取った。「お母さんのこと、初めて聞いたわ。あなたたちはリオに住んでいたの？」

「ああ」振り向いたその目は冷たく光っていた。「一人でも満足に住めないような狭い部屋だった。みじめな暮らしだったよ。やがて、母は新しい男に出会った」

「恋をしたの？」

グレースを見つめるラファエルの目には、あざけりが浮かんでいた。「いいや、違う。だが相手はとても金持ちで、結婚すれば暮らしがずっと楽になると母は考えた。ただ、問題が一つあった。男には他人の子供を引き受ける気がなかったのさ」

　グレースは衝撃を受けてラファエルを見つめた。

「その人がそう言ったの？」

「二人の話を小耳にはさんだんだ。地元の施設に入れようと相談していたのを」

「お母さんはそんなことをしたくなかったはずよ。そう言えば相手が妥協して、あなたを家族として迎えてくれると思ったのよ」

「男は家族を欲しがらなかった。他人の子は」

「お母さんはあなたを児童施設に預けたの？」

「いいや、僕が家を出たんだ」ラファエルは自嘲するような笑みを浮かべた。「わかるかい？　わずか八歳で、この手で運命を決めようとしたんだよ」

「わずか八歳で、どうやって運命を変えたの？」

「男の財布から金を盗んで、荷物をまとめてバスに乗った。その金で行けるところまで行ったんだ」ラファエルの口調は淡々としていて、感情が見えない。「バスを降りて道路に立ったとき、いったいなんてことをしたんだろうと思ったよ。急に食べる物も飲む物も寝るところもないことに気づいたんだ」

　グレースの目に涙があふれた。「どんなに怖くて、寂しかったでしょうね」

「道に立っていたら誰かの車に乗せられて、リオに連れ戻されるだろうと思った。そこで、ジャングルに入っていったんだ」

「ジャングルですって？」グレースはぎょっとした。「たった一人で入っていったなんて。でも、危険でしょう。蛇とか、蜘蛛とか――」

「蛇や蜘蛛は全然気にならなかったけれど、蟻はいやだったな。それと、最初は音に悩まされた」

「最初？　どのくらいジャングルにいたの？」

「一カ月だ」

　グレースは立ちあがった。「一カ月も一人でいたというの？　なにを食べたの？　飲み物は？」

ラファエルは肩をすくめた。「果物を食べたよ。木の実とか。水は飲むのに適してなかっただろうけれど、僕は大丈夫だった。見つかったときには、かなりやせていたが」

「お母さんが見つけてくれたの？」

ラファエルはゆがんだ笑みを浮かべた。「いいや、違う。母がさがしたかどうかは疑問だな。厄介者が消えて、とてもほっとしていたと思うよ」

「お母さんでなければ、誰が見つけたの？」

「カルロスさ」

「コーヒー農園のカルロスのこと？」

「そうだ。僕はカルロスの土地に迷いこんだんだ。彼はフィロメナのいる自分の家へ連れていった。二人は食事をさせてくれ、きれいな服をくれ、少しずつ僕から話を聞き出した」

「でも、送り返したりしなかったのね？」

「ああ。僕の面倒を見てくれた。僕はそこで暮らしていたんだ」

ラファエルのことがよくわかった。「だから、あの二人が大好きなのね」

「二人にはなにからなにまで世話になった。彼らは僕に家と安全をくれたんだ」

「でも、お母さんの仕打ちのうめ合わせにはならなかったのね」グレースは両手を広げて、ラファエルに近づいた。「女性を信じないのも無理ないわ。前の奥さんだけじゃなかったのね。そのはるか前の、あなたがまだ幼かったころのことが原因だったのね」

ラファエルはためらったが、やがてグレースの手を取った。「僕はとても小さく感じやすいころに、なにかを得るためなら女性はなんだってする、と教えられた。子どもを捨てることでさえ。アンバーも同じさ。妊娠を、僕と結婚する手段として使った。

女性に対する考えを変える理由はなかった。君に会うまではね。君に謝らなくては」

グレースは目を見開いた。「なにを謝るの？」

「君は潔白だと、信じなかったことだ」グレースの手を握るラファエルの手に力がこもった。

「謝ることはないわ」

「僕は君を信じずに傷つけた。ベッドに誘ったときも、ロマンチックな言葉一つかけなかった」ラファエルはグレースを引き寄せた。「感情を表すのが苦手なんだ。外国語みたいで。君が教えてくれ」

グレースは指で相手の口をふさいだ。「なにも言わなくても私を必要としてくれる限り、私はあなたのものよ」

ラファエルの目がきらきら光った。「本当かい？」

「もちろんよ。疑っているの？　愛してるわ、ラファエル。私を愛してくれなくてもいいけれど、あなたを幸せにするチャンスが欲しいの」

「僕を愛してるって？」

「そうよ。どうしてきき返すの？」

「だが、君は一週間行方をくらました。僕がさがし出さなかったら、そのままだったはずだ」

「それが、あなたにとっていちばんいいと思ったからよ。一緒にいたら、父はこれからも問題を起こすはずだもの」

「お父さんのことは忘れるんだ」ラファエルはグレースをじっと見つめた。「なぜ僕と一緒にいようとする？　代わりに、君はなにを得られるんだ？」

彼女はほほえんだ。「鸚鵡や蝶々を見られるわ。森のプールで泳げるし。それに、初めて私を女として扱ってくれた人の隣で眠ることもできるわ」

ラファエルがグレースの顔を両手で包みこんでしげしげと見たので、彼女は落ち着かなくなった。

「なあに？　どうしたの？」

ラファエルは答えない。心の奥底からなにかを引きずり出そうとするかのように、呼吸は荒かった。

グレースは顔をしかめた。「どうしたの？」

「僕も君を愛してる」口調にいつもの自信はなかった。「誰にもこんなことを言うとは思わなかった。僕が愛を感じることができるようになるとは」グレースは口を開いたが、ラファエルは首を左右に振った。「しゃべらせてくれ。初めてのことだから、じゃまされると間違えてしまう」

グレースはその場に立ち、幸せな気持ちで耳を傾けた。

「僕の森に来た君は威勢がよくて楽観的だった。会社を救うために、はるばる僕を説得するつもりでやってきた。なにを言おうと、どんなに憎らしかろうと、僕を悪い男だとは思わなかったね」

「あなたを悪い人だと思ったことはないわ」グレースは静かな口調で言った。「苦悩と幻滅をかかえて生きている人だとはわかったけれど」

「愚痴をこぼさずにジャングルも歩いたし――」

「楽しかったわ」

「それから僕のベッドに来た……」ラファエルはグレースの目をまっすぐに見て、両手を脇に下ろした。

「君は初めてだったんだね？」

頬に赤みが差し、グレースは口を開けたかと思うとまた閉じた。

ラファエルは鼻をこすって、小さく悪態をついた。

「そうだと思った。数日たってから気づいたよ。なぜだ？　なぜ僕にそこまでしてくれたんだ？」

答えは単純だった。「そうしたかったからよ。私、どうもひと目惚(ぼ)れしたみたいなの。あなたとただ、一緒にいたかった。できる限りね。結果なんてどうでもよかったわ」

「君のような女性には出会ったことがない」ラファエルはもう一度彼女を抱きしめた。「それほど気前がいいのに、なにも受け取ろうとしないんだな」

「いいえ、もらったわ」グレースの目は笑っている。

「何時間もあなたから計算を教わったわ。大半の人にとっては苦痛なはずなのに」

「苦痛なんかじゃなかった。僕に君を手放す気がないことはわかっているかな?」ラファエルはグレースの手を持ちあげて、すっと指になにかはめた。

「なあに、これ? あら――」指にはまった大きなダイヤモンドを見て、グレースの目に涙があふれた。

「言ったでしょう。宝石はいらないって」

「宝石じゃないよ」いつもの口調で、ラファエルが言った。「僕のものだという意思表示さ。僕の商標みたいなものだ。決してはずさないでくれ」

意味がよくわからずに、グレースはおそるおそる指輪に触れた。「あなたの指輪をはめろというの?」

「結婚してくれ、と頼んでいるんだ。君はたくさんのものをくれたが、僕はもっと欲しいから」

グレースは涙で目の奥がちくちくするのを感じた。

「あなたになにをあげたかしら? 父のせいで私はすっからかんだし、足し算さえできない――」

「僕が君に代わって計算すればいい。金は二人でも使いきれないくらいあるし」ラファエルは親指でグレースの頬の涙をぬぐった。「なにをくれたか、本当にわからないかい? それじゃ、話してあげよう。君は、僕が誰からももらうことのなかった無条件の愛をくれた。悪い面しか見せなかったのに、僕のいいところを見てくれた。僕に希望をくれたんだ」

グレースは息をのんだ。「ラファエル――」

「愛してる……」ラファエルは狼のような笑みを浮かべた。「ほら、だんだん言いやすくなってきた。愛してるよ」

グレースは泣きながらほほえんだ。「私もよ」

「よし」ラファエルは唇をグレースの唇に近づけた。「ハネムーンとして、ジャングルでずっと過ごすというのはどうだい?」

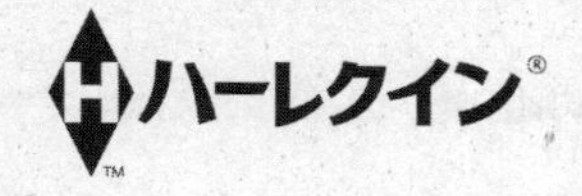

ハーレクイン・ロマンス　2008 年 5 月刊（R-2292）

魅入られた美女

2025 年 1 月 5 日発行

著　　者	サラ・モーガン
訳　　者	みゆき寿々（みゆき　すず）
発 行 人	鈴木幸辰
発 行 所	株式会社ハーパーコリンズ・ジャパン 東京都千代田区大手町 1-5-1 電話 04-2951-2000（注文） 0570-008091（読者ｻｰﾋﾞｽ係）
印刷・製本	大日本印刷株式会社 東京都新宿区市谷加賀町 1-1-1

ISBN978-4-596-71889-1 C0297

ハーレクイン・シリーズ 1月5日刊 発売中

ハーレクイン・ロマンス

愛の激しさを知る

秘書から完璧上司への贈り物 《純潔のシンデレラ》	ミリー・アダムズ／雪美月志音 訳	R-3933
ダイヤモンドの一夜の愛し子 〈エーゲ海の富豪兄弟 I〉	リン・グレアム／岬　一花 訳	R-3934
青ざめた蘭 《伝説の名作選》	アン・メイザー／山本みと 訳	R-3935
魅入られた美女 《伝説の名作選》	サラ・モーガン／みゆき寿々 訳	R-3936

ハーレクイン・イマージュ

ピュアな思いに満たされる

小さな天使の父の記憶を	アンドレア・ローレンス／泉　智子 訳	I-2833
瞳の中の楽園 《至福の名作選》	レベッカ・ウインターズ／片山真紀 訳	I-2834

ハーレクイン・マスターピース

世界に愛された作家たち
～永久不滅の銘作コレクション～

新コレクション、開幕！

ウェイド一族 《キャロル・モーティマー・コレクション》	キャロル・モーティマー／鈴木のえ 訳	MP-109

ハーレクイン・ヒストリカル・スペシャル

華やかなりし時代へ誘う

公爵に恋した空色のシンデレラ	ブロンウィン・スコット／琴葉かいら 訳	PHS-342
放蕩富豪と醜いあひるの子	ヘレン・ディクソン／飯原裕美 訳	PHS-343

ハーレクイン・プレゼンツ作家シリーズ別冊

魅惑のテーマが光る
極上セレクション

イタリア富豪の不幸な妻	アビー・グリーン／藤村華奈美 訳	PB-400

※予告なく発売日・刊行タイトルが変更になる場合がございます。ご了承ください。

1月15日発売　ハーレクイン・シリーズ 1月20日刊

ハーレクイン・ロマンス　愛の激しさを知る

忘れられた秘書の涙の秘密《純潔のシンデレラ》	アニー・ウエスト／上田なつき 訳	R-3937
身重の花嫁は一途に愛を乞う《純潔のシンデレラ》	ケイトリン・クルーズ／悠木美桜 訳	R-3938
大人の領分《伝説の名作選》	シャーロット・ラム／大沢　晶 訳	R-3939
シンデレラの憂鬱《伝説の名作選》	ケイ・ソープ／藤波耕代 訳	R-3940

ハーレクイン・イマージュ　ピュアな思いに満たされる

スペイン富豪の花嫁の家出	ケイト・ヒューイット／松島なお子 訳	I-2835
ともしび揺れて《至福の名作選》	サンドラ・フィールド／小林町子 訳	I-2836

ハーレクイン・マスターピース　世界に愛された作家たち ～永久不滅の銘作コレクション～

プロポーズ日和《ベティ・ニールズ・コレクション》	ベティ・ニールズ／片山真紀 訳	MP-110

ハーレクイン・プレゼンツ作家シリーズ別冊　魅惑のテーマが光る極上セレクション

新コレクション、開幕！

修道院から来た花嫁《リン・グレアム・ベスト・セレクション》	リン・グレアム／松尾当子 訳	PB-401

ハーレクイン・スペシャル・アンソロジー　小さな愛のドラマを花束にして…

シンデレラの魅惑の恋人《スター作家傑作選》	ダイアナ・パーマー 他／小山マヤ子 他 訳	HPA-66

文庫サイズ作品のご案内

- ◆ハーレクイン文庫……………毎月1日刊行
- ◆ハーレクインSP文庫…………毎月15日刊行
- ◆mirabooks…………………毎月15日刊行

※文庫コーナーでお求めください。

今月のハーレクイン文庫

12月刊 好評発売中！

Harlequin 45th Anniversary

珠玉の名作本棚

「小さな奇跡は公爵のために」
レベッカ・ウインターズ

湖畔の城に住む美しき次期公爵ランスに財産狙いと疑われたアンドレア。だが体調を崩して野に倒れていたところを彼に救われ、病院で妊娠が判明。すると彼に求婚され…。

（初版：I-1966「湖の騎士」改題）

「運命の夜が明けて」
シャロン・サラ

癒やしの作家の短編集！　孤独なウエイトレスとキラースマイルの大富豪の予期せぬ妊娠物語、目覚めたら見知らぬ美男の妻になっていたヒロインの予期せぬ結婚物語を収録。

（初版：SB-5,L-1164）

「億万長者の残酷な嘘」
キム・ローレンス

仕事でギリシアの島を訪れたエンジェルは、島の所有者アレックスに紹介され驚く。6年前、純潔を捧げた翌朝、既婚者だと告げて去った男——彼女の娘の父親だった！

（初版：R-3020）

「聖夜に降る奇跡」
サラ・モーガン

クリスマスに完璧な男性に求婚されると自称占い師に予言された看護師ラーラ。魅惑の医師クリスチャンが離婚して子どもの世話に難儀していると知り、子守りを買って出ると…？

（初版：I-2249）